三月《さんがつ》、七日《なのか》。

「この世に生きる喜び、か……」
あと五十年生きられるとして、
一体その間に嬉しい事や楽しい事がどれだけあるのだろう。
このまま生き続けて、意味はあるのだろうか。

——幸せが遠くにしかないものなら、とても悲しい事だと思う。
宮島七日
Nanoka Miyajima
広島から上京してきた、普通科の一年生。

――母や周囲や、何よりも自分自身を騙すのは、もう無理だ。
渋谷三月
Sangatsu Shibutani
優等生を演じ続ける
進学科の高校一年生。

毎日が退屈な反復作業だった。
窓の外を覗く。
自分は間違っているのだろうかと自問する。
エリート意識。
自分の中に流れる正反対の血。妙に落ち着かない。

——好きな人のこと、知る権利あると思わない？
藤井真希
Maki Fujii
進学科の一年生で
三月のクラスメート。

羽住海里
進学科の保健教諭。
Kairi Hazumi
渋谷弥生
三月を一人で育てた母親。
Yayoi Shibutani
岸ナオミ
同じ寮の普通科一年生。
Naomi Kishi
東山 操
芸術科の三年の寮長。
Misao igashiyama

ある日
パパとふたりで　語り合ったさ
この世に生きる喜び
そして　悲しみのことを
グリーン　グリーン
青空には　小鳥が歌い
グリーン　グリーン
丘の上には　ララ　緑がもえる
（グリーン・グリーンより〜）

三月、七日。

森橋ビンゴ

FB

Famitsu Bunko

ファミ通文庫

口絵・本文イラスト／世良シンヤ

一章　この世に生きる喜び

水溜《みずたま》りに映った自分の顔は、風のせいかすわすわと揺《ゆ》れていて、なんだかひどく歪《ゆが》んで見えた。

屋上を囲う金網にもたれながら、七日《なのか》は雨あがりの空を見上げた。空気はまだ少しばかり湿っぽかったが、雲間からは日が差し始めている。このぶんなら、明日は晴れるだろう。たまっている洗濯物《せんたくもの》を、忘れずに干さなくてはいけない。

結《ゆ》わえてあった三つ編みを一度ほどき、金網越しに外の世界を眺《なが》めながら、結び直す。歌を口ずさむ。大好きな歌。グリーン・グリーン。

「この世に生きる喜び、か……」

あと五十年生きられるとして、一体その間に嬉《うれ》しい事や楽しい事がどれだけあるのだろう。このまま生き続けて、意味はあるのだろうか。

そもそも、自分は、生きていてもいいのだろうか。

そんな事を考えながら、七日はまた歌を歌った。屋上への生徒の立ち入りは禁止されているが、身の軽い七日は、屋上の入り口を封鎖《ふうさ》している鉄柵《てっさく》を簡単に飛び越えられる。

ただただ空間が広がるだけの何もない屋上に来るような物好きは他にいない。

誰《だれ》にも邪魔《じゃま》されない、七日だけの場所。

昼休み、七日はそうやって、屋上から学校や生徒や教師や学校の外に広がる町並を眺めながら、パンを食べ、歌を歌った。それだけが、学校に来る意味でもあった。教師の教えてくれる勉強にはさして興味がなかったし、友達を作るのも億劫《おっくう》だった。

「早《はよ》ゥ、終わらンかなァ……」

学校が終わればこの息苦しい狭《せま》い庭から開放されて、自由になれる。街に出られる。

街に出て何をするというわけでもないが、しかし、七日は街が好きだった。遠く広島からやってきた、東京の街。雑多で人が多すぎて、空はなんだか煙《けむ》っている街。

けれどこの街には、何かあるような気がする。

何か分からない。けれどひょっとしたら、素敵《すてき》な、何か。

昼休み。

歌を歌う。

メロンパンをかじる。砂糖《さとう》がこぼれる。

陽射しが強くなる。目を細める。もうすぐ春。

予鈴《よれい》が鳴る。

五分後に授業が始まる。国語の時間。

――憂鬱《ゆううつ》。

授業中はいつも寝てばかりいる。

寝ていると怒られる場合は、落書きをしている。教科書の余白に、犬の顔。今日は朝から六つも描いた。

国語教師の村松《むらまつ》は、教科書に載《の》っている詩を朗読《ろうどく》したりさせたりするのが大好きだから、あまり油断をしてはいけない。話を聞いていなさそうな生徒をわざと指名するのが手口なのだ。

「じゃあ、次……宮島《みやじま》」

わざと聞いてないようなふりをして、一度当てられてしまえばその日はもう当てられないから良い。最近そんな方法を覚えて、七日はよく、わざとよそ見をする。

「やまのカナタのそらとおく」

立ち上がって七日が詩を読み上げると、村松は首を振った。

「カナタじゃない。アナタだ。山の彼方《あなた》の空遠く」

しかしこの字はカナタじゃないかと思うのだけれど、黙《だま》って頷《うなず》き、咳払《せきばら》いをしてから読み直した。教師と口論を交わしたところで仕方がない。

「山の彼方の空遠く、幸い住むと人の言う」

それが本当だとしたら随分《ずいぶん》遠いな、と、七日は読みながら思った。幸せはそんな遠くにしかないのだとしたら、なんだか、悲しい。

「ああ我ヒトとトメユキテ、涙さしぐみ帰りキヌ」

言葉の意味はよく分からない。けれどその詩は、なんだかひどく、心に染みた。

「山の彼方になほ遠く、幸い住むと人の言う」

読み終わって、席に着く。七日の席は一番後ろの窓際。幸せを探して窓の外を覗《のぞ》いてみても、そこに山はない。見えるのは真っ白な進学科の校舎だけ。真っ白で、真っ白で、なんだか自分が汚れてるんじゃないかと思うような、校舎。

私立四風館《しふうかん》高校には、七日の在籍《ざいせき》する普通科の他に、進学科、体育科、芸術科が存在している。普通に生活している限り、他学科との交流はほとんどないから、どんな生活をしているのかどんな人間がいるのかなんて分からない。だが進学科は他の科とは何か違う、気品のようなものを感じさせた。あの校舎に行けば山は見えるだろうか。なんとなく、そんな事を思う。あの校舎にいれば、幸せが見えるのだろうか。

山の彼方の空遠く。

「東京に行ったら――」

六時限目の物理の時間は居眠りの時間。定年間近の老教師は、特に咎《とが》めたりもしない。七日は、沈みかけた太陽の日差しに当てられてうとうとしながら、ぼんやりと父の言葉を思い出していた。

——東京に行ったら、いいものが待ってる。

十歳の時、父はそう言って、七日を駅まで連れ出した。父と遠くに出かけるのはそれが初めてで、心躍《こころおど》ったのを憶《おぼ》えている。

七日にとって、「親」と言えば父親の事だった。物心ついた時にはすでに母親はいなかったのだ。直接父に聞いたわけではなかったけれど、リコンしたのだと、何となく思っていた。

父はいつも働いてばかりで家にはおらず、七日はいつも実家の祖父母と一緒《いっしょ》で、だからなおさら、父と出かけるのが嬉しかった。

それは雨が少しだけ降っていた日。人のほとんどいない田舎《いなか》の駅。

木のベンチに腰掛け父が買ってくれたジュースを飲みながら、七日は電車を待っていた。駅にはやたらとハトがいて、食べる物はないかと首を振りながらうろついていた。

そのうち、一羽が線路に降りた。

食べる物を見付けたのか、しきりに線路と砂利との隙間《すきま》をクチバシでつついている。

「あのハト、轢《ひ》かれる」

七日が心配そうに言うと、父は七日の頭を撫《な》でながら、

「――大丈夫」

と言った。

後数分で電車が来るという頃になって、父は用を足すためにその場を離れた。例のハトはそれでもずっと線路にいた。電車が間もなく到着するというアナウンスがあって、それでもハトはそこにいた。

――轢かれてしまう。

七日は思った。助けなくちゃいけない。轢かれてしまう。死んでしまう。

「おォい」

ホームの端にしゃがみ込んで、七日はハトに向かって言った。ハトは七日の言葉など聞こえない様子で、砂利の隙間をつついているばかりだった。

「電車来るよ。早よゥ逃げんと轢かれるよ」

けれどハトはその場にいた。何も考えていないように見えた。

大きな音を立てたら、或《ある》いは逃げていくかもしれない。

そう思って、七日は足を上げた。地面を踏みつけて脅《おど》かしてやろうと思ったのだ。

その時、落ちた。

天気は雨。濡《ぬ》れたホームの床はよく滑《すべ》った。七日の履《は》いていたスニーカーの底が擦《す》り

減っていたのも、災《わざわ》いしたのかもしれない。

気が付けば七日は線路にいた。

線路を伝う震動が、巨大な電車がやってくる事を告げていた。

周囲を見回してもハトはいなかった。七日が線路に落ちてきたので、飛んで逃げてしまったのだろう。今度は自分が逃げなくてはならない。

だが足が動かなかった。その時、痛みは感じていなかったが、七日の足は運悪く折れていたのだ。

電車が来る。向かいのホームに人がいたが、七日が落ちた事に気が付いていなかった。助けを呼ぼうとしたが、なぜか声が出せなかった。震えていた。

一度だけ、七日は猫が車に轢かれる様子を見た事があった。

突然やってきた車に猫は逃げる事ができず、びくりと体を硬直《こうちょく》させたまま車にはねられてしまった。逃げれば間に合ったのに、なぜ猫は逃げなかったのだろうと思っていたけれど、その時、轢かれてしまった猫の気持ちが七日にはよく分かった。

体が動かない。何もできない。

「……お父さん」

ようやく搾《しぼ》り出すようにして小さく声に出して言った。それから大きく息を吸い込み、出せる限りの力を込めて、

「お父さん！」

叫んだ。

父はすぐにやって来た。ホームから飛び降り、七日を抱き上げて、それから――

それからは、よく憶えていない。いや、憶えてはいるけれど、思い出さないようにしている。七日は助かり、父は死んだ。電車に轢かれて。父は七日だけをホームに投げ上げて、そして、死んだ。

今でも思い出す。雨の音。電車の急ブレーキの音。父が轢かれる瞬間に響いた、嫌《いや》な音。人の叫び声。

運も悪かった。電車の運転士が七日達に気が付かなかった事。ブレーキの利《き》きにくい雨の日だった事。いろいろな理由が重なって、不幸は起こった。皆、七日の事をそんなふうに慰《なぐさ》めた。

けれど、七日は信じている。

――自分のせいで父は死んだ。

七日はずっと、ずっとそう思って、そう思いながら、生きてきた。


六限目の物理の時間を寝て過ごし、ようやく一日の授業が終わると、いつもなら街に出るなり寮《りょう》に帰るなりするのだが、その日はなんだか寂《さび》しくてまた屋上に向かった。

友達は、いない。

広島からわざわざ東京の高校を受験したせいで、中学時代の友達もおらず、なんだかクラスのみんなと打ち解《と》ける事もできず、もうすぐ一年。

でもそれで良いのかもしれない、とも思う。

屋上に向かう階段は、薄暗くて湿っぽくて、すごく不快で——けれど、それを我慢《がまん》して昇って行き、扉を開けるとそこはまるで天国。

ただいっぱいの、青空。

校舎からは見えなかった山が、遠くの方に見える。はるか遠くの山々の、緑の色のその先に、ひょっとしたら、あるのかもしれない。

金網の所まで駆けて、

「幸いーッ！」

七日は叫んだ。

「どこだーッ！」

下にいる生徒に聞こえたかもしれない。教師に見つかったら、怒られてしまう。

でも、よかった。

気持ち良かった。

東京に来て一年、叫ぶ事なんてなくて、規律の厳《きび》しい寮で息を潜《ひそ》めて生きてきたから。

意味もなく街を歩いて何か分からない何かを探し続けてきたから。

それはなんだかすごく、気持ち良かった。

「幸せになりたい！」

たぶん、きっと、それが「何か」なんだと、思った。

「幸せになりたいッ！」

帰宅しようとしている生徒達が、七日を見上げている。会話さえ交わした事もないクラスメート達が、眉《まゆ》をひそめて何か囁《ささや》き合っている。

やがて七日の叫びに気が付いた教師がやってきて、七日は職員室に連れて行かれる事となった。

——宮島七日、謹慎《きんしん》三日間。

*

朝起きて、服を着替え、食事を作る。

およそ普通の家庭なら朝食という物は母親が作るのであろうが、気が付けば食事を作るのは息子である三月《さんがつ》の役目になっていた。

母一人が働いて三月を養ってくれている以上、その事に特に文句はないが、母親がやたらと味にうるさいのには辟易《へきえき》している。

「……サンガツ」

すっかりたいらげておいてから、母——弥生《やよい》はハムエッグの乗っていた皿を指す。

「黄身《きみ》が固過ぎ。半熟が好きだっていつも言ってンでしょ」

食後にコーヒーを飲みながら煙草《たばこ》を吸うのが弥生の癖《くせ》で、三月もそれに合わせてコーヒーを飲むのが習慣になりつつあった。

「シェフじゃないんだからそんなに毎回毎回目玉焼きの黄身の固さなんか気にしてられないよ。ちゃんと作ってるんだからいいだろ?」

「そんな気持ちでやってッからいつまでたっても料理が上手《うま》くならないの」

三月が朝食を担当するようになってかれこれ五年が経《た》つが、作れるのはあくまで朝食の範囲の、例えば味噌汁《みそしる》や卵焼きやカリカリに焼いたベーコンだけで、それさえも決して上等の出来とは言えないモノばかりだった。

「別にいいよ、それで」

三月がコーヒーをすすりながらそう言うと、弥生は気《け》だるそうに黒い陶器《とうき》の灰皿に煙草を押し付けた。マニキュアの塗《ぬ》られた真《ま》っ赤《か》な爪《つめ》が、なんだかなまめかしくて、三月は思わず目を逸《そ》らせた。

「最近は料理の一つもできなきゃ女のコにはもてないってよ?」

バッグを肩に担《かつ》ぎながら弥生が言う。

「……女なんか、いらない」

三月の呟《つぶや》きに、弥生は一瞬身動きを止め、それから、

「あんた、ホモじゃないだろうね」

と真剣な顔で尋《たず》ねてきた。あまりの真剣さに、飲み込もうとしていたコーヒーが気管に入り、三月はむせ返った。

「ち、違うよ！」

「ま、ホモならホモでいいけどさ。そういう事はちゃんと母親に言いなよ？」

新しい煙草に火を付けながら、弥生は颯爽《さっそう》と家を出ていった。我が母親ながら、格好《かっこう》よい事だ、と思いつつ、三月は食器類を流しに運ぶ。三十五歳の若さで出版社の社長。雑誌やテレビで紹介される時には大概《たいがい》頭に「美人」の文字が付く。ブランド物のスーツに身を包み、並の男よりもはるかに多い仕事量をこなす、才色兼備。

そして三月は、その彼女の一人息子——私生児だった。

父親は誰なのか。弥生をよく知る人間でも、その事を知っている人間は少ない。三月自身、それを知ったのはほんの一年前の事だった。そして最近ではもっぱら、それが三月の最大の悩みでもある。

自分の中に流れる血を、三月は憎《にく》む。

考え事をしながら洗い物をしていると、八時を過ぎていた。慌《あわ》てて手を拭《ふ》き、眼鏡《めがね》を

かけてから、椅子《いす》にかけてあった制服を羽織《はお》る。四風館高校進学科の白い詰襟《つめえり》に、生徒会長の徽章《きしょう》がきちんと付けられている事を確認すると、三月は家を出た。

　昨日降った雨のせいか、空はひどく澄《す》んでいる。

　三月の住むマンションから高校までは歩いておよそ十五分、全速力で走って六分半。歩いてもまだ間に合う時間ではあったが、生徒会長就任早々、遅刻ギリギリの登校もないだろうと思い、小走りで向かった。

　途中、クラスメートの女子を追い抜きそうになったので一度立ち止まり、

「おはよう」

と微笑《ほほえ》んでまた走る。そうやって気の良い優等生を演じ始めて、もう一年近くが経つ。

　一年生の身でありながら新しい生徒会長に選ばれたのもそれが効を奏《そう》したからだろう。成績も常に学年の上位十位以内を保っている。抜け目はない。

　大仰な金属製の校門を抜け――その際に守衛に挨拶《あいさつ》する事ももちろん忘れず――校舎に入る。校舎の中では走らずに、あくまでゆっくりとした歩調。進学科、一年Ｃ組の教室の扉を静かに開けて、三月は窓際の一番前にある自分の席に向かう。

「おはよう」

　隣席の藤井《ふじい》真希《まき》に声をかけて席に着くと、真希は挨拶も返さずに、

「あ、渋谷《しぶたに》、英語の課題やった？」

と口を開いた。

「悪いけどさ、写《うつ》させてくんない？」

三月はこの真希という生徒が嫌いだった。進学科の人間でありながら特に熱心に勉強するわけでもなく、素行もあまり良くない。暇《ひま》さえあれば爪を磨《みが》いたりマニキュアを塗ったりしている女。自分とは正反対にいる人間。

「……いいけど」

とはいえ嫌だと断っても別に良い事はない。適当に恩を売っておいて、何かの折に利用すれば良いだろうと、三月は考えている。

課題である翻訳《ほんやく》が書かれたノートを手渡すと、真希は嬉しそうにヒヒヒ、と笑った。

「いやァ、あんたが隣《となり》の席で良かったわ」

おそらく最初からそうするつもりで課題などやっていないのだろう。入学当初から席替えのないクラスで、三月は数え切れないくらい真希にノートを写させてやっている。

絶対に借りは返させてやる、と思った。何かの方法で。

授業が始まるまでにはまだ時間があったが、特にする事があるわけでもない。一限目の世界史の予習も昨日のうちにやっている。いつもの事。

毎日が退屈《たいくつ》な反復作業だった。

窓の外を覗く。

自分は間違ってるのだろうかと自問する。

エリート意識。

自分の中に流れる正反対の血。妙に落ち着かない。

差し向かいになっている普通科の校舎。茶色くて、汚れていて、それがお前の本当の姿だと言われているような、そんな気がした。

予鈴が鳴る。

ホームルームが始まって、それから授業が始まり、また退屈な日々。

先日普通科において屋上に無断で登った生徒がいた事を、担任教師が告げた。

「お前らは、まあそんな馬鹿《ばか》な真似《まね》はしないと思うが」

と嫌味のように言う。三月はこの担任教師が嫌いだった。自分が進学科の教師であるという小さな事を自慢《じまん》にして、普通科の人間を見下している矮小《わいしょう》な男。それくらいしか自分を誇れる材料を持たない憐《あわ》れなオトナ。少なくとも三月にはそう見えた。

あんなオトナだけにはなりたくないと思いながら、三月が溜《た》め息《いき》を吐《つ》くと、担任教師はわざとらしい笑顔を浮かべ、

「分かり切った事を注意するなという話だよな、渋谷生徒会長？」

などと言うのだった。自分のクラスから生徒会長が選出された事がそんなに嬉しいのだろうか。

——偉《えら》いのは俺《おれ》であってあんたじゃァないんだぜ？

一年生でありながら生徒会長に異例の抜擢《ばってき》をされた。二年生の候補《こうほ》が数少なかったせいもある。だが何よりも、三月の品行方正である部分が認められたのだという事を、三月は自覚している。ニヤニヤと笑う担任教師に、その事を思い知らせてやりたかった。

世界史の授業を受け持っている岡林《おかばやし》はやたらと雑談の多い教師で、そのせいであまり授業が進まない。進学科を担当する教師としてはあまりよろしくないはずの教師なのだが、雑談が変に面白いからと、わりと生徒には好まれている。

一方で、もっと授業を進めて欲しいと言う生徒もいたが、三月にはどうでも良かった。勉強など自分ですれば良いのであって、授業は復習作業に過ぎない。

「英雄色を好むと言いますが——」

また雑談が始まった。昔のなんとか皇帝《こうてい》が絶倫《ぜつりん》であったとか、なんとかは妾《めかけ》を何人も持っていたとか、どうでも良い話だ。

そもそも女なんて、そんなに良いものだろうか。穴に入れて出すだけなら羊相手だって事足りる。わざわざ喧《かまびす》しい女を相手にする事もないだろうに。

なんとなしに横目で真希を観察すると、雑談には一向に興味もないらしく、一番前の席で堂々とマニキュアを塗っては吹いている。半年前までマニキュアは校則違反であったのだが、前生徒会の尽力《じんりょく》によって緩和《かんわ》され、あまり派手な色でなければという条件付きで許可が下りたのだった。

余計な事をしてくれたものだ、と思った。

結局、世界史の授業は半分以上雑談で終了し、授業を進めて欲しいと願う生徒から溜め息が漏《も》れた。

――そんなにお勉強が好きなら家でシコシコやってやがれ。

とは思うが口には出さない。埃《ほこり》っぽい教室のせいで汚れてしまった眼鏡を拭いていると、名前も顔もよく憶えていない女子生徒がふらりと近寄ってきて、

「やだ、渋谷君、眼鏡外した方が全然格好良いじゃん！」

何がそんなに嬉しいのか黄色い声を上げる。

「コンタクトにしなよー。その方がゼッタイいいって」

と言われても、そもそも三月は目が悪くなどない。かけている銀縁の眼鏡は伊達《だて》眼鏡なのだが、ぱっと見だけではおそらく分からないだろう。

「そうかな……」

まんざらでもなさそうな風を装《よそお》って、恥《は》ずかしげに、三月は答えた。それが嬉しいのか、また女生徒が口を開く。

「そうだよー。なんで眼鏡にしてるの？」

てめえらみてェなのが鬱陶《うっとう》しいからだよ、とは言えない。

「コンタクトの方がいいって！」

「考えとくよ」

そう言うと、女生徒は嬉しそうにどこかに行ってしまった。

何がそんなに楽しいのだろう。全くもっておめでたい。あんなにはしゃいで何か得られる物でもあるのだろうか。

「……やれやれ」

思わず呟いてしまい、三月は慌てて隣の席の真希を見やった。

真希は何かに気付いたような様子もなく、三月のノートを写すのに没頭《ぼっとう》しているようだったが、やがてそれを止めてノートを突き返してきた。

「アリガト。助かったわ」

机に開かれた真希のノートには、確かに課題の英語訳が全て書き写されている。書き写すだけの作業とは言え、よくもそんなに短時間でできるものだと、三月は少しだけ感心した。

「……ところでさ」

立ち上がりながら、真希が言った。

「あんたって、役者とか向いてそうだよね」

三月が何か答えるより先に、真希はトイレに行って来ようっと、と聞いてもない事を呟いて教室を出て行ってしまった。

三月は真希の言葉の意味を考えながら窓の外を眺め、昨日屋上に登った生徒は一体どんな人間だったのだろうと、なんとなく、思った。

＊

寮生活をしている七日にとって、謹慎三日間はひどく窮屈《きゅうくつ》なものだった。なにぶんこっそり外出する事もままならない。本を読む趣味もなく、部屋にはテレビもないから、する事と言えば寮の窓から山を眺めたり誰よりも先に風呂に入ってみたり、たわいもない事ばかりだった。が、そんなたわいもない事でも、繰《く》り返しやっていると案外面白くなってくる。

山に立っているアンテナの本数を数えてそれが七本だと気が付いて少し嬉しかったり、誰もいない風呂場で、足を石鹸《せっけん》まみれにして滑ってみたりする。

そんな風に少しだけはしゃいでいたら、謹慎三日目の晩、寮長である三年生に呼び出された。

この寮長はやたらと規律にうるさく厳しく取り締《し》まるから、七日はあまり好きではなかった。どうせ怒られるのだろうな、と思って部屋の前に立つ。ドアの前に「寮長」という札と、それから「東山操《ひがしやまみさお》」という名札が掛けてあった。七日はそれで初めて寮長の名を知った。

「失礼ェします」

ノックして部屋に入ると、独特の匂《にお》いが鼻を突く。芸術科の生徒らしく、部屋中に油絵やクロッキーが並んでいた。寮には進学科や体育科などの境はない。

「ああ……ちょっと待っててくれる？」

操は部屋の窓際で、何やら片付けをしているらしかった。緑のジャージ姿でしゃがみ込んでいる姿は、なんだかいつもの口うるさい操とは別人のように見える。

どうしてよいのか分からずに立ち尽《つ》くしていると、ベッドの方を見ないまま指差して、

「そこに座ってて」

と言うのでそれに従った。

部屋は七日の部屋よりも倍近く広い。寮長は特権で一番広い部屋を与えられるという話を聞いた事があった。

床には絵の具や筆が散乱していて、お世辞《せじ》にもキレイとは言い難《がた》い。

「汚《きたな》い部屋で驚いたでしょう？」

言いながらも操はまだ片付けをしている。どうやら画材を一まとめにしているらしかった。随分時間がかかりそうだったので、

「うち、手伝いましょうか？」

と言ってみたが、操は首を振った。

「いいからそこにいて」

そう言われてしまうと、もはやただ座っているしかなかった。どうせ謹慎しているくせにはしゃぎすぎだとか、そんな風に怒られるに決まっているから落ち着かない。

——早く部屋に戻りたい。

そう思っていると、片付けをしながら操が口を開いた。

「ごめんね、急に呼び出して」

「いえ……どうせ暇《ひま》じゃけェ、いいです」

七日の答えに、操は苦笑してみせた。

「……謹慎中だもんね」

「はァ」

特に怒られるという様子もなく、まるで友達と話すような感じだった。何故《なぜ》呼び出されたのか、よく分からない。

「知ってると思うけど、私、今年で卒業なのね」

「はァ」

「それで、新しい寮長を選ばなきゃいけないの。寮長が卒業する時に、一年生のオンナノコの中から次を指名するのがうちの慣習だから」

　初めて聞いた話だった。と言うより、七日は寮の誰とも親しく口を利かないから入ってくる情報の範囲が限られている。

なんと受け答えしてよいか分からずにいると、操は突然七日の顔を見て、

「あなた、やってみない？」

と言った。やや吊《つ》り上がった目が、じっと七日を見据《みす》えている。

「はァ？」

「次の寮長」

「うちが？　寮長？」

どうしてそういう話になるのかが理解できない。からかわれているのかと思う。

操に念押しされて、七日はようやく真面目《まじめ》に考えてみた。だが自分が寮長の仕事をしているところなど全く想像もつかない。だいたい謹慎中の生徒に向かって寮長をやらないかというのはどうにもおかしな話のような気がした。

「冗談じゃなくて、よ？」

「だって……うち……」

　何か言おうにもうまく言葉が出ず、口籠《くちご》もってしまう。そんな七日がおかしいのか、操は微笑みながら、片付けを中断させ七日の隣に腰掛けた。ベッドのスプリングが少し、

軋《きし》む。

「あなた、この寮に友達いないでしょ？」

操が言った。特に傷付きもしないが、他人に指摘されるとやはりいい気分はしない。

「寮長やってるとね、この寮のみんなの事がよく見えるの。この人とこの人は仲がいいとか、その逆とか……いろいろ」

「……はァ」

「いろんな人見てて、たぶんこの寮で一番誰とも繋《つな》がりがないのは、あなただと思ったの。寮長はできるだけ公平でいるべきだと思うし、だからあなたみたいな人がやった方が都合《つごう》が良いわけ」

とそこまで言って、操はおかしそうに笑った。

「……って、あたしは言われた。二年前にね」

それから、操は懐《なつ》かしそうに昔話をした。入学してからずっと絵ばかり描いていて、他人に興味などなかった事。授業をサボってどうしても見たかった画家の個展に行き、それがバレて謹慎になった事。そしてその謹慎の最中に、やはり七日と同じように寮長に呼び出された事。

「てっきり怒られると思ってたら……言われたの。突然、寮長やらないか、って」

操の話を聞き、七日は意外だと思った。操は規律に厳しく口うるさいが、人当たりが悪いわけではなく、七日とは正反対の人間のような気がしていたのだ。

「誰を寮長にしようか迷ってたら、ちょうどあなたが二年前の私とそっくりだったからね、これはいい機会かな、と思って」

七日は、すぐには答える事ができなかった。やはりどうしても、自分が寮長などやっている姿が想像できない。人の上に立つなんて、ガラでもないとも思う。

「まあ、すぐに決めろとは言わないわ。結構、面倒臭《めんどうくさ》いし」

操は微笑んで首を軽く傾《かし》げてみせた。やや不揃《ふぞろ》いの短めの髪が揺れる。少しだけシャンプーの匂いがした。

「じゃ、なんで寮長になったンですか？」

七日の問いに、操は平然と、

「部屋が広いから」

と答えた。

「絵を描くにはここが一番いい部屋だもん」

確かに一般の個室では狭過ぎるかもしれない。部屋に散乱した画材を見つめながら、なんとなく納得する。

「でも、あなたはあなたなりの理由でいいと思う。別に強制じゃないから、深く考えないで。やるなりやらないなり、決まったら言ってくれたらいいわ。できたら、今週中にね。私も卒業だからずっとここにいるわけじゃないし」

頷いて、話がそれで終わった事を確認すると、七日は立ち上がった。と、操が思い出したように、

「あなたって、広島の人よね？」

と尋ねてきた。

「はい」

「私のお父さんも広島の人だから、言葉でなんとなく分かる」

祖父母に育てられたせいで、七日の言葉はかなり訛《なまり》が強い。けれど特に訛を直そうとは考えていなかったから、東京に来て一年近く、言葉はほとんどそのままだ。陰でクラスメートに「田舎者」と馬鹿にされているのも知っていたが、七日にとってはどうでも良い事だった。

「東京は好き？」

操に聞かれて、七日は返答に困った。それがどういう意図での質問なのか察しかねた。

「ごめんね……大した意味はないの。わざわざ東京の学校に来るくらいだから、東京が好きなのかな、と思って。でもそれにしては訛を直すわけじゃないし……ちょっと気になっただけ。ごめんね」

「東京は……好きです。たぶん」

たぶん。

父も、東京が好きそうだったから。東京には、何かがあるような気がするから。

「そう……良かった」

操は安心したように微笑んだ。


翌日、謹慎も解け、七日は久しぶりに登校した。

嫌だ嫌だと思っていた学校も、久しぶりだと多少、面白く感じる。

一限目も二限目も、珍《めずら》しく居眠りもせずに真面目に授業を聞いてみると、存外勉強は面白そうだな、という気になったが、三限目にはうとうと居眠りをし、四限目は落書きをして過ごした。人間そうそう変わるものでもない。

昼休みになり、困ったのは屋上に行けない事だった。

さすがに謹慎明けでまた同じ事を繰り返すのはまずいだろうし、操に言われた寮長の事も少し、気になっていた。寮長になるとしたら、あまり規則を破るのは良くないのではないかと思った。寮長になると決めたわけではなったが、なんとなく、今は無茶をしないでおこうという気分。

売店でメロンパンを買い、仕方がないから教室で食べる。

砂糖がぼろぼろこぼれて机に落ちるから、教室で食べる時は別のパンにしようと思う。

前の方の席で七日の方をちらちら見ている女生徒がいて、どうやら数人で陰口をきいているようだったが、あまり気にはならなかった。人が自分の事をどう思ったところで知った事ではない。そういう意味で、確かに自分は寮長に向いているのかもしれないと、思ったりもした。

他人に嫌われる事を怖《こわ》がっていては口うるさく叱《しか》る事もできないだろう。

しかし果たして自分の言う事を他の皆が聞くだろうか。

だいたい寮長になって、何か得をする事があるのだろうか。

今の生活に、面倒な仕事が増えるだけではないのか。操のように広い部屋を望んでいるわけでもないし、人の上に立ちたいなんて欲求もない。

断るべきだ。

手に付いた砂糖を舐《な》めながら、思う。

いい事なんて、たぶん、ない。

と、砂糖を舐める舌の動きを止めた。

そんなふうに思っていて、幸せになれるのだろうか。ふと、父の顔を思い出した。

駅で、嬉しそうにしていた父の顔。

東京に行ったら、いいものが待ってる。

父はそう言った。希望にあふれた顔で。

父は、たぶん、信じていたのだろう。「いいもの」が何なのか、分からないけれど、それは確かに「いいもの」だったのに違いない。

――信じてみようか。

思ってみる。

ひょっとしたら、いい事もあるかもしれない。

ふとメロンパンの袋を見て、七日は考えた。

袋の裏にバーコードが付いているはずだ。その最後の数字が、七だったら、きっと、いい事がある。「いいもの」が、自分を待ってる。

大きく息を吸い込んで、袋をめくる。

名称、メロンパン。原材料、消費期限、保存方法、それからその下にバーコード。

さらにその下に、数字の羅列《られつ》。

ゆっくり、左から右へ、数字を眺めていく。

四、九、〇……続いていく数字。

最後は――七。

*

自分でも、子供じみていると、時々思う。

生徒会長というちっぽけな地位にしがみついた自分。

自分の血に対するささやかな抵抗。

俺はエリートなんだ。あんたとは違う。あんたみたいにはならない。堕落《だらく》した屑《くず》にはならない。誰も捨てたりはしない。

そうやって繰り返し繰り返し、心の中で呟きながら、一日が過ぎていく。

何のために生きているんだろうと悩んだりする事もあるが、それはきっと誰でも通る道で、答えなんか出やしないに決まっているから、あまり深くは考えない。

日は昇り、日は沈む。

気が付けば、放課後。

進学科の生徒は、塾や予備校に通っている者が多く、放課後の教室はすぐに閑散《かんさん》としてしまう。

生徒会の集まりが終わって戻ってくると誰もいなかった。

ただ一つ、自分の隣席――藤井真希の机にだけ鞄《かばん》やノート類が置いたままになっていて、まだ下校していない事を知らせていた。

熱心に部活動をするタイプにも見えないから、大方どこぞで仲間と喋《しゃべ》ったりなどしているのだろう。

関わり合いになりたくもない。

そう思いながら手早く荷物をまとめ始めると、まるでそれを待ち構えていたかのように真希がひょっこりと現れた。

「なんだ。渋谷じゃん。今帰り？」

言いながら近付いてくるなり、真希は三月の眼鏡を取り上げた。

「なッ……！」

取り返そうとした三月の動きをかわし、真希は眼鏡を眺め回している。

「やっぱ伊達眼鏡だ。これナニ？　オシャレなわけ？」

「……返してくれよ」

努《つと》めて冷静にそう言ったが、真希は面白そうに眼鏡を見ているばかりだった。

「コンタクトにしたら？　その方がオンナどもに人気出ンじゃない？」

分かったような事を言いやがって。

そう思うともう冷静ではいられなかった。

「返せよ！」

無理矢理取り返そうと、真希の腕を掴《つか》む。驚いた真希が身をよじり、その拍子《ひょうし》に三月は体勢を崩《くず》した。ふらついて、真希に体がぶつかる。

「あッ!?」

そのまま押し倒すような格好となり、三月は真希を組み敷《し》いていた。真希の化粧《けしょう》臭い顔が、あと数センチのところに迫っている。

「あ、ご……ごめん」

すぐに離れようとした瞬間、三月の腰に真希の脚《あし》が絡《から》みついた。そのまま密着するように引き寄せられてしまう。先程よりもさらに近付いている顔と顔。三月が思わず顔を背《そむ》けようとすると、真希は三月の顔を手で挟《はさ》み込むようにして押さえた。

「何をそんなに怖がってンの？　そんなに自分の本性バレるのが嫌？」

言葉を発する度、艶《つや》っぽい真希の唇《くちびる》が生き物のように動く。真希はなおも喋り続けた。

「そんなにイイコでいたいの？　本当のアンタはそんなんじゃないでしょ？　この一年近く、隣の席にいて見てたからね……分かるよ。アンタが何かを隠してるって」

「な、何だよ……ソレ」

隠している──そう指摘されて、三月は動揺《どうよう》を隠せなかった。母さえ騙《だま》しおおせていると思っていたのに、さして会話を交わした事もない女に、どうして。

乾いて少し荒れ気味の三月の唇に、真希のしっとりとした唇が触れた。驚いて、三月は自分の腰に絡み付いている真希の両脚を引き剝《は》がして立ち上がった。

息が荒いのが、自分でも分かる。

真希は仰《あお》向《む》けのままはだけたスカートを直そうともせず、勝ち誇ったように三月を見上げていた。

「何だよ……」

だが真希は口を開こうとしない。

「何なんだよお前《め》ェは！」

苛立《いらだ》ちの末に三月が叫ぶと、真希はようやくゆっくりと立ち上がり、スカートの埃を払った。

「ようやく本音がこぼれてきたじゃない」

「あァ？」

「口紅、付いてるよ」

指摘されて慌てて唇を拭う。白い制服に、ほとんど肌色に近い、薄紅《うすべに》が付いた。

これは現実なのだろうか。

頭が混乱している。

この女は何を言っているのだ？

息が荒くなっていく。だんだん。

体が震える。吐気《はきけ》。汗。

——こんな時に。

三月は思った。

物心ついた時から、それは時々起こった。

一瞬、目の前が白くなる。自分が誰か別人になってしまうような感覚。

白昼夢のような。

誰だろう、女の顔が浮かぶ。見た事のない顔。場所は、建物の中。見た事がない。けれど、知っている場所のような気もする。

「……渋谷？」

様子がおかしい事に気付いたのか、真希が三月の肩に触れた。

「触ンじゃねえ……」

その手を振り払ったが、思わず膝《ひざ》を突いてしまう。ここ一年、その「発作《ほっさ》」は頻繁《ひんぱん》に起こっていた。時間も長くなってきている。得体の知れぬ不安感が湧《わ》き起こり、体が震える。汗がじっとりと浮かぶのが分かった。

「何だッてんだよ……畜生《ちくしょう》……」

「どうしたの……大丈夫？」

真希に体を抱え上げられ、なんとか立ち上がったが、気分はどうにも良くなかった。

自分の机に腰かける。息はまだ、荒かった。

「誰か、呼ぼうか？」

そう言って教室から出て行こうとした真希の手を、三月は摑んだ。

「だって……何か、普通じゃないよ？」

「いいんだ……そのうち、治まる」

詰襟のホックを外し、大きく息を吐《は》く。額に汗が滲《にじ》んでいるのが分かったから、袖《そで》で拭った。袖口に付いている薄紅色を見て、あらためて真希にされた事を思い出す。

「お前の方こそ普通じゃねェよ……」

溜め息混じりにそう告げると、真希は自分の席に飛び乗るように腰を下ろした。

「どうして？　気になる男、口説《くど》いちゃおかしい？」

「く……口説くッ!?」

思わず立ち上がった。真希を見ても、平然と、悪びれもせずに小首を傾げているだけで、どうやら冗談ではないらしい。

「そんなに驚く事？」

「何で俺がお前ェに口説かれなきゃいけねェんだよ」

今まで繕《つくろ》ってきた優等生の顔など、もはやすっかり忘れてしまっていた。

「ふぅん……本性はそんな喋り方なんだ」

「……だから何だよ」

「どーしてイイコちゃんのフリしてんのかなァと思って」

「お前ェには関係ねェだろ」

「関係ないけど興味はあるわけ」

真希はそう言って、三月の肩に手を回した。真希の赤い唇が、ゆっくり近付いてくる。

体が動かなかった。

真希の唇は、ひどく、冷たい。

舌と舌が絡む。

三月はどこか冷静に、例えば臨死体験の話によくあるような、真上から自分を見下ろすような心持ちで、例えば交通事故などに直面し死を意識した瞬間に時間がゆっくりと流れているような錯覚《さっかく》と共に、例えば夢の中で夢と分かっているのにどうしようもないというような感覚で、真希の舌を感じていた。

口の中に他人を侵入《しんにゅう》させたのは、それが初めてだった。

吐気を催《もよお》すかと思っていたが、そうでもない。

存外悪くないものだと、少しだけ思った。

「ねェ、渋谷――」

しばらくして、真希はようやく唇を離し言った。

「もっと楽に生きたら？　あんた、無理してるように見えるよ」

「無理なんかしてねェ……」

肩に手を回したままの状態で、真希は三月の目を覗き込んできた。色素の薄い瞳に、三月の顔が映り込んでいる。自分の前髪が乱れているのが分かった。

「ま、いいや。あたしは帰るよ」

ひょいと机から飛び降りて、真希は自分のバッグを掴み上げた。

「キス、案外上手いじゃない？」

それだけ言うと、真希は三月の眼鏡を持ったまま出ていってしまった。追いかけようとも思ったが、なんだかひどく億劫だった。自慰《じい》に耽《ふけ》り射精した後の、何とも言えない虚脱感《きょだつかん》に似ていた。

自分は無理をしているのだろうか。

無理をするのは悪い事なのだろうか。

自分の中に流れている血が騒いでいるのを感じる。

「畜生……」

違う。違う違う。自分は、違う。

女にうつつを抜かす屑なんかじゃない。

約束を違《たが》えたりもしない。

そう、決めたのだ。母を安心させるために、何よりも自分に自信を持つために。三月は優等生であろうと決めた。エリートであろうと決めた。他人から羨《うらや》まれるような生き方をしようと決めた。

けれど、そこに喜びはあっただろうか？

そんな生き方をして以来、生きていて楽しいと思った事はあっただろうか？

唇にそっと触れる。

口紅が、指先をほんのり染めた。

迷いを払うように制服に擦《こす》り付けると、真白の制服は薄紅く汚れてそれはもう落ちる事はなかった。お前は間違っているのだと三月を責めているように、拭っても拭っても薄く広がるばかりで。

「何だッてんだよ……」

呟くと、下校を促《うなが》すチャイムが鳴る。

三月は、鞄を手に取ると廊下《ろうか》に向かって歩き出した。胸を押さえる。心とは裏腹に、高鳴っている自分の心臓。

真希の柔らかい舌の感触が、まだ口の中に残っていた。

二章　つらく悲しい時にも

普通科の制服は黒を基調としたセーラー服と詰襟《つめえり》。芸術科は赤を基調としたブレザー。体育科は青を基調としたブレザー。そして、進学科は白を基調としたセーラー服と詰襟。学科の境なく生徒が暮らす寮《りょう》において、朝食時の食堂はそれら四色の制服が入り混じって大変な混雑となる。

「いい？　何かあったらすぐに分かるように、寮長は絶対に食堂を見渡せる場所にいなきゃ駄目《だめ》。当然、みんなより先に食堂に入ってなきゃいけないし……大丈夫？」

「年寄りと暮らしとったけェ、朝は、大丈夫です」

七日《なのか》が操《みさお》に対して「寮長になる」と伝えたのが二日前。以来、操に付き従って何をしたらいいのかをあれこれ教えてもらっている。昨日の日曜日に教わったのは、外出許可云々《うんぬん》の事だった。七日が思っていたよりもずっと、寮長の仕事は多い。

やっていけるだろうかと不安になりながら味噌汁《みそしる》をすすっていると、隣《となり》にいる操が苦笑して七日の頬《ほお》をつついた。思わず仰《の》け反《ぞ》ってしまい、味噌汁が机の上にこぼれる。

「そんなに縮こまらないの。寮長なんだから、堂々と、ね？」

そう言われてもやはり、不安は不安だった。

備え付けの布巾《ふきん》でこぼれた味噌汁を拭《ふ》いていると、再び操に脇腹を小突《こづ》かれる。

「見て」

そう言って操が顎《あご》で指した先、食堂の出入り口では、進学科の生徒と普通科の生徒二人が睨《にら》み合っているところだった。

「普通科の方の、ちょっと髪が茶色くてケバい子がいるでしょ……あれが岸《きし》ナオミ。進学科の、ストレートのロングの子が藤井真希《ふじいまき》。両方一年生。あの二人、近いうちに絶対揉《も》め事《ごと》起こすから、注意して見といて」

操の言う通り、確かにその二人はお互いに並々ならぬ憎悪や敵対心を抱いているように見える。

「えッ……」

七日が詳《くわ》しく尋《たず》ねようとするよりも早く、それを遮《さえぎ》るように操が口を開いた。

「くだらない事よ。男を取ったとか取られたとか、って話。藤井真希の方が岸ナオミの彼氏を取ったんだったかな……？　まあ、詳しい事はそこまで知らないの。ただ、寮長をやっていく上で、ある程度いろいろな情報は持っておいた方が楽だから、いろんな方向にアンテナ伸ばしとくと便利よ」

言い終わると、操は漬物《つけもの》をコリコリとかじった。

もし揉め事が起こったら、自分にどうにかできるのだろうか。

そう思うとますます不安は募《つの》る。

そのせいで縮こまっていると操に背中を叩《たた》かれて、今度はお茶がこぼれた。

「あァ！」

「それくらいは気にしないの。寮長だからって別に粗相《そそう》しちゃいけないわけじゃないんだから、さ」

操のその言葉は、励《はげ》みになるような、ならないような、不思議な感じがした。

進学科の生徒と普通科の生徒というのは、概《がい》してあまり仲が良くない。普通科の生徒にしてみれば、進学科の生徒のエリート然とした態度や高圧的な部分がカンに触るのだと言い、進学科の生徒にしてみればそれらは皆、普通科の生徒の僻《ひが》みだと言う。

七日は普通科に属している生徒だが、進学科の人間に特に不満を持った事はなかった。不満を持つ程の交流がないと言えばそれまでではあるが。

しかし、それはさておき。

先程の普通科の生徒と進学科の生徒の険悪な雰囲気を見て、七日はあんな人間も進学科にいるのか、と少し思ったのだった。進学科と言うと生真面目《きまじめ》そうな生徒が多い印象であったのだが、藤井真希という例の生徒はそんな印象とは少し、違っていた。

長い髪、整った顔。派手すぎない程度に、さりげなく施《ほどこ》された化粧《けしょう》。冷めているようで、けれどどこか寂《さび》しげな目。あの目を、どこかで見た事があるような気がする。記憶の端に、引っかかっている。

けれど思い出そうとすると、なんだか少し気分が悪かった。

「……何も起こらンかったらええなァ」

呟《つぶや》いてみる。

声に出すと、その通りになるんじゃないかと、そんなふうに思えるから、いい。


昼休み。天気晴朗《せいろう》なれど風強し。三つ編みがよく揺《ゆ》れる。二月にしては生温《なまあたた》かい空気。

大好きだった屋上への道は相変わらず封鎖《ふうさ》されていて、今現在、七日のお気に入りの場所は中庭の銅像の横。自分の肩ほどの台座によじ登って腰掛けると、眺《なが》めも悪くない。

頭の禿《は》げ上がったその胸像が一体誰《だれ》を象《かたど》った物なのかは未《いま》だに知らなかったが、それを知らないからといって台座の座り心地が悪くなるわけでもない。

ただ、屋上と違って大声で歌ったりできないから――できないわけじゃないけれど、人目があってさすがに恥《は》ずかしいから――困る。

足をぶらつかせながら、パンをかじり、心の中ではいくつもの自分が大合唱。歌うのは相変わらずグリーン・グリーン。七番まであるはずなのだけれど、四番までしか憶《おぼ》えていない。一体「パパ」は何故《なぜ》ボクと語り合ったのだろう。

ちょっと、気になる。

パラパラと落ちる砂糖《さとう》の粒を気にしながら、七日はぼんやりと目の前の、進学科の校舎の方を見ていた。校舎から一人の男子生徒が出てくる。いかにも優等生という感じで、詰襟をきちんと閉じた、少し病弱そうな感じの生徒だった。進学科の白い制服がよく似合っている。その生徒を追いかけるように何人かの女生徒が校舎から現れ、からかうように一言二言を投げかけた。少しはしゃいだ感じのその女生徒達とはまるで正反対に、優等生は静かに微笑《ほほえ》んで彼女達と会話を交《か》わしていた。

きっと女子に人気のある生徒なのだろう。照れたように笑いながら、優等生は彼女達の元を去っていく。その立ち居振舞《ふるまい》がいかにも上品な感じで、まるで七日とは正反対の、遠い世界の住人のように感じられた。

優等生に声をかけていた女生徒達が、七日の方に近付いてくる。彼女達はちらりと七日の方を一瞥《いちべつ》し、それから苦笑したように見えた。きっと彼女達の目に、自分はひどくみすぼらしく映《うつ》ったに違いない、と七日は思う。

昼休みに校庭の片隅でパンをかじっている、そんな生徒はきっと、進学科にはいないのだろう。しかしだからと言って、笑う事はない。それとも自分の被害妄想《もうそう》なのだろうか。七日にはもう、よく分からなかった。

「宮島《みやじま》じゃない。こんなところでお昼？」

　突然の声に振り返ると、そこに操が立っていた。小脇にスケッチブックを抱《かか》えている。

　七日が会釈《えしゃく》を返すと、操は七日と同じように銅像の台座によじ登り、隣に腰掛けた。

「珍《めずら》しいわね、普通科の生徒って、あんまり進学科に近付きたがらないのに」

　七日の座っている場所は、操の言う通り、中庭でもやや進学科の校舎に近い側にある。四学科共有のスペースであるはずの中庭にも、どうやらある種の縄張《なわば》り意識があるらしく、特に普通科の生徒と進学科の生徒ははっきりと自分の校舎の近辺にしか近付こうとしないのが常だった。

「うちは、そういうの、よく分からんけェ……」

　七日が答えると、操は少しおかしそうに笑った。

「それがあなたのいいところかもね」

　そう言われても、七日にはピンとこない。むしろ学科が違うとはいえ同じ学校の生徒同士で、そういった縄張り意識や対立意識を持っている方が奇異な事の様に思えた。操にその事を告げると、操は首を傾《かし》げる。何かを考え込んでいる様子だった。それから、

「確かにそうね……でも当たり前と言えば当たり前の事なのかもよ？　一つの国の中で、違う民族同士が争うなんて、よく聞く話じゃない？」

　そこまで話が大きくなるとは思ってもいず、七日はただ「はァ」と一声漏《も》らすだけけし

かできない。操は台座から投げ出した足をふらふらと揺らしながら、中庭の様子を見回した。

「芸術科でもそういうの、あるのよ。日本画専攻と油絵専攻の生徒が折り合い悪かったり……その分、芸術科は他学科には無関心だけどね」

何だか不思議だった。大事なのはどういう人物かであって、その人物の肩書きではないはずなのに。皆、肩書きで物を見、肩書きと付き合っている。

「変なの」

七日は言った。操が頷《うなず》く。

「本当にね」

やがて授業開始五分前を告げる予鈴《よれい》が鳴り響いた。

「あっ……と、そろそろ行かなくちゃ」

操が慌《あわ》てたように台座から飛び降りる。七日も同じように台座を飛び降りた。

「また機会があったら、さっきの話でもしようか？　議論に値するテーマではあるわ」

デッサンの授業で、校外に行かなくてはならないという操は、そのまま校門の方に歩いて行った。七日は一しきりその背中を見送った後、まだパンを食べ切っていない事に気が付き、パンを口に押し込みながら自分の教室へと急いだ。

授業中も、七日はずっと進学科と普通科の生徒の事を考えていた。窓際の七日の席から見える、進学科の真っ白な校舎。距離にしてみれば、どうと言う事もない。だが生徒同士の間には七日の思っている以上に深い深い溝《みぞ》があって、お互いに嫌い合っている。

相変わらず生徒を注意しない物理教師が淡々《たんたん》と授業を続ける中、七日はずっと、進学科の校舎を見つめていた。ちょうど自分の真正面に位置する教室に、自分と同じように外を見ている生徒がいる。それが昼休みに見かけた優等生然とした男子生徒である事に、七日は気が付いた。退屈《たいくつ》そうに外を眺《なが》めている優等生に、七日はイタズラ心から手を振って見せた。なんとなく。さりげなく。

優等生は、七日に気付く様子はない。それでも七日は手を振り続けた。それでようやく、七日に気付いたらしい。優等生が七日の方に視線を向ける。優等生は、七日に向かって微笑んでみせた。とても、優しく。

それで七日は少し驚いて、思わず俯《うつむ》いてしまった。考えてみれば、男の人に微笑みかけられた事などほとんどない。勝手に手を振って気を引いておきながら、微笑み返されればそれで恥ずかしがって、一体自分は何がしたいのだろうかと思う。

けれど、少し、ドキドキしていた。

そして同時に、嬉《うれ》しかった。進学科の生徒でも、普通科の生徒に微笑みかけてくれるのだと、それが嬉しかった。

落ち着きを取り戻した七日が再び進学科の校舎に目を向けると、優等生は授業を聞きながらノートを取っている。

それで七日も、その日珍しく、授業を聞きながらノートを取ったりしたのだった。

＊

「最近、なんかいい事でもあったのかい？」

朝食の折、母——弥生《やよい》にそんな事を言われた。

「別に。どうして？」

尋ねると、弥生は三月《さんがつ》の顔をまじまじと見つめ、それから、

「なんか、ちょっと明るくなった気がしてね、顔付きが」

と言った。

——明るい？

思わず顔に手を当てる。

「別になんか付いてるわけじゃないよ」

弥生は苦笑したが、しかし三月は笑えなかった。

浮かれているのだろうか。

そんなはずはない。そんなはずはないそんなはずはない。浮かれる理由など何一つな

いはずなのだ。
　けれど。
　三月は数日前の出来事を思い出した。
　授業中。自分に向かって——或《あ》いはそうではないのかもしれないが——手を振ってい
た女子生徒。いつもなら無視してそれで終わりのはずなのに、何故か三月はその生徒に
微笑みかけていた。これまでに浮かべたどんな微笑よりも優しく。
　何故かは分からない。
　ただ、三月は、何となく彼女の事を好ましく思ったのだ。わざわざ進学科に向かって
手を振ってくるような普通科の生徒は、他にはいない。
　しかし、それでも微笑み返す必要はあっただろうか。そんなところを教師にでも見付
かれば、きつく咎《とが》められるに決まっているのに。
　これは何だろう。一体自分はどうしてしまったのだろう。
　やりきれなくなって、三月は髪を掻《か》きむしった。
「そう言えばあんた、眼鏡《めがね》どうしたの？」
　弥生はコーヒーを飲みながら、新聞に目を通している。それほど気にしているわけで
もなさそうだったので、適当に「壊れた」と答えておいた。
　真希に眼鏡を奪われてかれこれ一週間になる。

新しく買い換えようかとも思ったのだが、わざわざそうするのも何だかシャクのような気がして、結局そのままだ。コンタクトにする事をやたらと勧《すす》めてきた女子生徒達がいくらかうるさく付きまとってきたが、さすがにそれも一日で飽《あ》きてしまったらしい。結局彼女達は何のかんのと騒ぐ理由を見つけているだけで、三月に心底興味があるわけではないのだ。

母を送り出し、いつものように洗い物をする。もうすぐ期末試験だった。最近は勉強に身が入らない。昨日までにやろうと思っていた生物の復習も、まだすんでいない。

一体自分はどうしてしまったのだろう。

ここ数日心中で繰り返してばかりいる疑問。

自分はこんな人間だったただろうか。

それから三月は、一つの顔を思い浮かべた。

藤井真希。

あの日、真希と唇《くちびる》を重ねた時から、何かが狂《くる》ってしまったような気がする。

――もっと楽に生きたら？

真希は言った。

――無理してるように見えるよ？

そうも言った。

「無理なんかしてねェよ……」

呟いて、三月はふと自分の手の異状に気が付いた。

「熱ッ！」

洗い物をするために出しっぱなしにしておいたお湯が、いつの間にかひどい高温に達していた。

火傷《やけど》をしたという程でもないが、両手がヒリヒリする。

「やれやれ……」

水にさらして手を冷やしながら、三月は時計に目をやった。

既に八時を過ぎている。急がなければ間に合わないかもしれない。

このまま遅刻してしまおうか。

ふとそんな事を思った。これまでに一度として、欠席も遅刻もした事はない。けれどなんとなく、そう思ったのだった。両手はまだ少し痛む。大袈裟《おおげさ》に包帯でも巻いて火傷したからと言えば、特に怒られもしないだろう。それくらいの信用はあるつもりだった。

一しきり水で冷やした後、タオルで手を丁寧《ていねい》に拭く。

それから洗ったばかりのカップにコーヒーを注《つ》ぎ、テーブルに運んだ。テーブルに煙草《たばこ》の箱が転がっている。どうやら弥生が忘れていった物らしい。それを片隅に追いやって、テーブルに腰掛けた。

一体何をやっているのだろう。

内心そんな事を思いながら、コーヒーを飲み、新聞を読み、テレビを見て、少しずつ時間が過ぎていく。

読みかけの本があったはずだと思い出し、自分の部屋まで取りに行った。戻って読み始めたがあまり進まない。五ページ程読み進めたところで八時半が過ぎていた。

溜《た》め息《いき》を吐《つ》いて、本を閉じる。

自分でも何がしたいのかよく分からない。ただ、なんだか疲れているのは確かだった。

席を立ち、居間に置いてある救急箱を取って戻った。中にあるそれらしい軟膏《なんこう》を適当に両手に塗《ぬ》って、自分で包帯を巻く。うまく巻けず何度かやり直していると、そのうちなんだか馬鹿《ばか》らしくなってきた。そして何かが忌々《いまいま》しかった。

救急箱を手で払い除《の》けると、床に落ちて、想像以上に大きな音が立つ。救急箱の蝶番《ちょうつがい》が外れてしまっていた。その中からこぼれ出た錠剤《じょうざい》のビンがフローリングの上をまっすぐ転がっていく。どうやら床にほんの少し傾斜が付いているらしい。

「ボロマンションめ……」

億劫《おっくう》だったが放っておくわけにもいかず、部屋の端まで行って、転がり着いてしまった薬ビンを拾い上げる。

風邪薬《かぜぐすり》だった。

結局、学校の事務局に電話をし、風邪だという事にして学校を休んだ。仮病なんて小学生の時以来で、なんだか情けなくも懐《なつ》かしい。

子供の頃は、もっと、快活だったと思う。家の中にいるよりも、外で遊ぶのが好きだった。あまりに成績が悪いから、見るに見かねた母親に家庭教師を付けられたりもした小学五年の時。

大学生の家庭教師。名前は——和泉《いずみ》といった。名字は覚えていない。ただ和泉サンとだけ呼んでいたのは憶えている。小柄で髪が長くて少し目の細い、咥《くわ》え煙草のよく似合う人だった。

「サンガツは大きくなったら何になるの？」

勉強の合間の休憩《きゅうけい》時間、そんな事を聞かれた。

「何かな……分かンねェや」

「なりたいものは？」

「……別に、ない」

「夢がない子だね……子供はもっと夢を持たなきゃいけないよ？」

三月のベッドに腰掛けていた和泉は、そう言って笑いながら煙草をふかした。

「子供じゃねェよ」

「そう言うのがまだ子供の証拠」

「子供じゃやねェってば！」

年上とは言え、和泉は小柄で、当時の三月と比べてもそれほど体格に差異はなかった。だから和泉の体を押し倒すのにも、さしたる力を必要とはしなかった。

「……和泉サン」

三月は和泉が好きだった。今思えば、それは子供じみた恋愛感情であったのかもしれない。子供の頃に近くにいた大人の女性に惹《ひ》かれるなんて事は、例えばはしかや風疹《ふうしん》のようなもので、誰にもである話であろうし。

三月に組み敷《し》かれた和泉は、驚いたように、三月を見つめていた。和泉の細い目が大きく開いていた。そこに自分の顔が映《うつ》っていた。息が荒くなった。

三月は、ただ無我夢中で和泉にキスをした。いや、キスなんて呼べるようなものではなかった。と思う。自分の唇を相手の唇に押し当てるだけの、不器用な、動作。

しきりに唇を押し当てて、ただそれだけしかできなかった。その先の事を、知識としては知っていたけれど、何もできなかった。唇を引き離し、三月は和泉を見つめた。和泉も三月を見つめていた。二人の間に沈黙《ちんもく》が流れ、

「サンガツ」

やがてその沈黙を、和泉の言葉が打ち消した。ゆっくりと、綿菓子でも引《ひ》き裂《さ》くよう

に、言葉を吐《は》く。

「やっぱり……まだ、子供だね」

言葉が出てこなかった。確かに、自分は子供だと思った。何もできやしないのだ。

和泉は笑って、側にあった灰皿を引き寄せて煙草をもみ消した。その仕草《しぐさ》は、いかにもオトナだと、三月は思った。和泉は言った。

「でもね、オトナになったら……あんたはきっとイイ男になるよ」

「ホントに？」

「うん……素質はあると思うな」

「じゃあ、俺、イイ男になるよ……絶対イイ男になる」

三月が言うと、和泉は笑った。

「良かったね……夢ができたじゃない」

和泉と会ったのは、その日が最後だった。家庭教師の仕事を辞《や》めてしまったとかで次の時には別の教師が三月を教えにやって来た。それから半年して、成績も上がったので家庭教師は必要なくなり、それきりだ。

「和泉サン……」

その名前を口に出したのは久しぶりだった。椅子《いす》の背もたれに体重を預けて呟く。

弥生が忘れていった煙草を、吸ってみた。ひどく軽い煙草で、思ったよりもすんなり肺の中に入った。

「和泉サン……俺、イイ男になんかなれねェよ……」

気が付いたら少し、泣いていた。

＊

寮長の朝は早い。

寮にいる全員が起きているのかどうかの確認。食堂に一番に入り、何か起こらないか注意しておく。食事が終われば皆の後片付けの所作を観察。マナーの悪い者がいれば注意。それから学校に行くまでの間にも、体調が悪い者がいれば保健室に連絡したり薬を与えたり。皆が出かけてからも最後まで寮に残って、電気が付けっぱなしになってはいないか、コタツやストーブが付けっぱなしになってはいないか、そういった事にまで注意を払わなくてはいけない。

夜は夜で、全員に消灯を促《うなが》して寮内の安全確認をしなくてはならず、自然、眠るのは他の誰よりも遅くなる。朝は早くても大丈夫とタカをくっていた七日だったが、さすがに連日遅寝早起の生活が続くと少々疲れを感じ始めた。

「大丈夫？」

操に問われると、無理矢理にでも頷く他ない。不安そうな顔をした途端に、背中や頭をはたかれてしまう。

「じゃ、私はこっちの半分見るから、宮島はそっち半分回ってくれる？」

操はそう言って、寮の東側にさっさと行ってしまった。

まず最上階——四階まで登り、それから各部屋を見回りながら降りていく。

登校前のチェックもようやく慣れてきたが、操が卒業してしまった後、一人でやっていかなくてはならないと考えるとまだ安心もできない。

四階をチェックし終わり、三階に降りる階段の途中で話し声が聞こえてきた。少しヒステリックな叫び声。

「何か言ったらどうなんだよ!?」

七日は思わず足を止めていた。どうやら階段側の廊下《ろうか》で何やら険悪な状態になっているらしい。足音を立てないように階段を降りていき、声のする方を覗《のぞ》き込む。

そこにいたのは、数日前に操が「問題を起こす」と言った二人——岸ナオミと藤井真希だった。様子から、ナオミが真希を責めているらしい事は分かった。真希はただ黙《だま》ったまま、ナオミの方を見つめている。

「何だよ……お前が悪いんだろッ！　人の彼氏取っといてさあ……！」

それでも真希は黙ってナオミを見ているだけだった。

「ムカつくんだよ！　ちょっとお勉強できると思ってスカしやがって！」

ナオミが手を上げようとした瞬間、七日は飛び出していた。そもそも今まで隠れて見ていた事自体おかしかったのだが、とにかく暴力沙汰《ざた》になるのはまずい。

「ちょ……ちょっと待って！」

ナオミの体を背中から抱きかかえる。

「な、何よ!?」

さすがに驚いたらしい。抱きかかえられながらナオミが振り向く。化粧前らしく、眉《まゆ》が半分しかなかった。

「細かい事情は、うち、よく分からンけど……殴《なぐ》ったらまずいけェ待って！」

一方の真希は、七日とナオミのやり取りを、つまらなさそうに見ているだけだった。

そんな真希に、ナオミが叫ぶ。

「なんでそんな顔してられんだよッ！　お前が全部悪いんだろッ！　春休みにタカシと一緒に温泉行こうって約束してたのに……」

興奮し過ぎたのか、ナオミは涙ぐんでいた。そのまま床にぺたりと膝《ひざ》を突《つ》いてしまう。

「あんな馬鹿《ばか》男のどこがいいンだか」

それまで黙っていた真希は、ぽつりと呟き、そのままナオミの横を通り過ぎてどこか――おそらくは自分の部屋へ――行ってしまった。

「わあああッ！」

ナオミは声を上げて泣き出してしまう。こうなると何をしたらよいものかさっぱり分からない。真希を追いかけようにもナオミを放っておくわけにもいかず、そのナオミにも何と声をかけてよいやら——

「宮島！」

と、そこで操が、七日が来たのとは反対の方から駆けてきた。ナオミの叫び声は操のところにまで届いたらしい。

「何かあった？」

「いや、あの……」

説明しようとナオミを見たり真希の去っていった方に視線を送っているうちに、操はある程度の事情は察したようだった。そもそもナオミと真希の間に何かが起こると言っていたのは操である。

「……私はこのコのお相手するから、あんたは藤井の方、お願い」

これまで冷戦状態だった二人に具体的なトラブルが発生してしまった以上、寮長としては見て見ぬふりもできない。

「藤井の部屋、三〇七！　早く！　遅刻するよ！」

「は、はいッ！」

戸惑っている七日を叱咤《しった》するように操が叫ぶ。七日は言われた通り三〇七号室に走っ

た。走りながら、操は全員の部屋の所在を憶えているのだなァと感心し、自分もこれから憶えなくてはならないのかと思うと少し気が滅入《めい》った。暗記はあまり得意ではない。

三〇七号室は西側の端の部屋だった。普通の寮生は皆、ドアの前に名札を掛けているものだが、そのドアに名札はない。ためらいつつノックするが、返事もない。ドアの向こうに人の気配があるのは確かだったから、七日は少し迷った後でドアをゆっくりと開けた。隙間《すきま》から顔を入れて部屋の中を覗き込んでみる。

「あの……」

真希は大きなヘッドホンを付けたまま、ベッドに横になっていた。少し呆《ほう》けたような感じで、不似合いな感じのする銀縁の眼鏡をいじっている。

「スイマセンけど」

音楽のせいで七日の声が聞こえていないのか、或いは聞こえているのに無視しているのか、真希は眼鏡を胸に抱えるようにして目を閉じた。切なそうに息を吐く。

「あの！」

とりあえず部屋の中に入り七日がもう一度——今度は心持ち大きめな声で——話しかけると、真希は慌てたように体を起こし、ヘッドホンを外《はず》した。それから持っていた眼鏡に目をやり、それを背後に隠す。

「な……何よ!?」

「いや……あの……何と言われても困るンじゃけど……さっきの事で、ちょっと」

「さっきの？　あんたがなんか関係あるわけ？」

「いや……寮内で問題が起こると困るけェ……一応、事情くらいは聞いとかんといけんなァと、思って……」

七日の説明に、真希は面白《おもしろ》くなさそうにフンと鼻息を漏《も》らした。

「人のゴシップに興味津々《しんしん》じゃなきゃ寮長様にはなれないってわけ？」

七日が次の寮長になるという事は特に発表されているわけではなかった。だが七日が操に付き従っている事を見ていれば、何となくの想像はつくのだろう。

「ゴシップとか、そういうんじゃなくって……ただ、もし話し合いとかで、解決できるんなら、その方がええし……」

「さっきの見て話し合いの余地があると思う？」

確かにナオミが一方的に真希を責めていたあの状況で真希が何を言ったとしても話し合いにはなりそうもない。

「いや……でも、事情を聞いてみんと、分からんし」

だが引き下がるわけにもいかず七日がそう告げると、真希は苛立ちを隠しきれない様子で髪を掻きむしりながら、

「あの女の彼氏に街でナンパされて飯おごってもらったら向こうが勝手にあたしにお熱

になってあの女と別れるとか言い出したわけ。そんで付きまとわれて迷惑してる……これでいい？」

と言った。嘘《うそ》を言っているという様子ではない。真希はベッドから降りると、机の上に散乱しているノートや筆記用具をバッグに押し込み始めた。

「むしろあたしが被害者だって言いたいわ。もっとも、あの女には今そんな事言ったって通じやしないだろうから黙ってるけどさ」

そこまで言って、真希はバッグのジッパーを力強く閉じ、肩に担《かつ》ぐ。

「もういいでしょ？　あたし、学校行くから。そこどいてくんない？」

ドアの前に立っている七日の方を顎で指す。これ以上話をするのは無理だと思い従おうとした七日は、側にあるベッドの枕元に写真が飾ってあるのに気が付いた。写真に映っているのは、眼鏡をかけた進学科の男子生徒だったが、どこか見覚えがある。

「あッ」

それが先日七日に微笑みかけてくれた「優等生」だと気が付いて、思わず七日は声を上げてしまった。

七日の視線の先を見て、真希は慌てた様子でベッドに駆け寄り写真立てを伏《ふ》せた。

「な、何見てンのよ！」

「いや……あの、ごめんな、さい……」

それまでひどく平静だった真希が、顔を紅潮《こうちょう》させている。

「し、写真なんか飾るのが似合わないって言いたいわけ？」

「いや、そういうわけじゃ……ないけど……」

普段なら、そんな事に首を突っ込んだりしない。けれどその時、七日は無意識に尋ねていた。

「その人……進学科の人、よね？」

「そうだけど」

「その人の名前、分かる？」

いくらか落ち着いた様子の真希は、伏せた写真立てを元に戻しながら、呆《あき》れたように七日に一瞥をくれた。

「なんであんたにいちいちそんな事教えなきゃいけないわけ？」

そう言われてしまうと何も言い返せない。

「……ごめんなさい」

謝りながら、七日は、自分は何故そんな事を聞いてしまったのだろうと思った。意識する事もなく、自然に口が動いていた。妙な感じ。

「サンガツ」

真希はしばらく写真立てを見つめていた後で、独《ひと》り言《ごと》のようにゆっくりと呟いた。

「えッ？」

急に真希が何を言い出したのか分からず、聞き返してしまう。

「名前」

「名前？」

「渋谷《しぶたに》、三月って言うの。生徒会長の名前くらい憶えといたら？」

「生徒会長なン？」

「そう」

「……サンガツって、一月、二月とかの三月？」

「そうだよ」

それは不思議な響きだった。変わった名前である事は確かだったが、それ以上に、何か七日にとって特別なものに聞こえた。

「もし本人に会ってもあたしが写真飾ってたなんて言わないでよね？」

真希は少し恥ずかしそうにそう言って、先ほど七日の視線から隠した銀縁の眼鏡を写真立ての側に置いた。その眼鏡が、写真の中の三月がしているものと同じ物だと気が付いて、七日は少し寂《さび》しいような悲しいような、そんな気持ちになったけれど、それが一体どういう感情なのかまでは分からなかった。

「……サンガツ」

ふと、七日は呟いた。心臓を打つ音が、速くなる、速くなる。息が荒くなる。めまいがする。視界がぼんやりと白くなる。

「ちょっと……？」

不審《ふしん》そうに真希が顔を覗き込んでくるのが気配で分かった。

視界に一瞬、景色が広がる。進学科の校舎。廊下。教室。机。椅子。

女の体の感触。真希の顔。唇。

──発作《ほっさ》だ。

随分《ずいぶん》昔からそんな風に、見た事もないはずの物が、見える。断片的に何かを感じる。

それはちょうど父の死の後くらいから起こった。

広島にいた頃は、東京に対する憧憬《どうけい》が幻覚を見せるのかと思っていたが、実際に東京に来てからそうではないと思うようになった。

七日がそれまでに見ていた幻覚は、あまりにリアルだった。街を何気なく歩いていて既視感《きしかん》を感じる事が何度もあった。初めて入ったはずの喫茶店のメニューが分かったり、ウエイトレスの顔に見覚えがある事さえあった。

足下がふらついて、部屋の壁にぶつかる。

「ち……ちょっと？」

東京に来てから、発作は頻繁《ひんぱん》に起こるようになっている。いよいよ病院に行った方が良いのかもしれないと思った。広島にいた頃は、祖父母に心配をかけたくないからずっと黙っていたけれど。

「何？　具合悪いの？」

真希が駆け寄ってきて、体を支えてくれる。

「大丈夫……時々、こういうの、あるけェ……」

「貧血？」

真希の問いに、七日は首を振った。

「分からンけど……違うと思う。なんか、変な感じ」

吐気《はきけ》がする。なんだか急に、ひどく寂しい気持ちに襲《おそ》われた。

「ホントに、大丈夫なの？」

「うん……ありがと」

支えてくれている真希の腕からすり抜けるように、七日は自分の部屋へと向かった。

寮長になったばかりだと言うのに、学校を休んでもいられない。

頭の中ではグリーン・グリーンの歌がぐるぐると巡《めぐ》っている。

つらく悲しい時にも、泣くんじゃないとパパは言った。

だから今はとりあえず、学校に行こう。つらくても、何故だか悲しくても。

三章　ある朝、ぼくはめざめて

真希《まき》の姿が隣《となり》にない事に安堵《あんど》しながら、三月《さんがつ》は相変わらず雑談ばかりの世界史の授業をぼんやりと聞いていた。昨日学校を休んだが、特に授業に付いていけないという事はなかった。

窓の外を見る。自分の家が遠くに見えた。

――山の彼方《あなた》の空遠く。

ふとそんな言葉が浮かぶ。

誰《だれ》の詩だったか思い出せない。ハイネだったたか。授業で習ったなら憶《おぼ》えていてもおかしくないのだが、まるで出てこない。一体どこでその詩を読んだのかも、よく分からなかった。

学校を休んだ事は弥生《やよい》に話したが、怒《おこ》られもせず、むしろ誉《ほ》められた。

「たまには仮病を使うくらいじゃないとさ、かえって不健全な気がしない？」

と、煙草《たばこ》を吸いながら言った。我が母親ながら不思議な人間だと思う。

それじゃァ今まで、自分が真面目《まじめ》にやってきたのは何だったのだろう。母に心配をかけまいとして、母を喜ばせようとして、やってきたはずなのに。

「正直、最近のあんた様子おかしいから心配してたよ？　人が変わったみたいに真面目にしてるしさ……そりゃ、喜ばしい事なのかもしれないけど、子供は子供らしく、勉強を嫌がって遊んだりしてた方が安心なとこ、あるからね」

弥生のその言葉は、三月にとって少なからずショックだった。

——子供。

自分は子供なのだろうか。

弥生にしてみれば、実際三月は弥生の子供に違いない。それは三月が成人しようと還暦《かんれき》を迎えようと変わらない事実だ。けれど「子供だから」なんて、そんな風に見て欲しくなかった。もう一人前の人間として扱《あつか》って欲しかった。

和泉《いずみ》も言っていたような気がする。

「まだ子供だね」

——コドモ。

では、いつになったら自分はオトナになれるというのだろう。

自分が一つ年を重ねるたびに、和泉も同じように年を重ね、その差は決して縮まる事はない。いつまで経《た》っても、和泉にとって、自分は子供。

自分は子供だ。オトナになんか、なれやしない。

「畜生《ちくしょう》……」

呟《つぶや》いた。

どうすれば、イイ男になれる？

誰もそんな事を教えてはくれない。四大文明の事を習おうが英語で道を尋《たず》ねられた時の答えを流暢《りゅうちょう》に発音できようが大気中に存在する分子の構造や地球上に生命が誕生するプロセスが理解できようが、それだけは分からない。

弥生に振り向いて欲しい。和泉に自分の事を認めてもらいたい。けれどその為に何をしたらいいのか、分からない。

今まで自分のやってきた事は間違っていたとしたら、何をしたらいいのか。

——糞《くそ》ッたれめ。

三月は、父親の事を考えた。

父親が一体どんな人物だったのか、三月は長い間知らなかった。それを知ったのは中学に入ってから。ある日三月が母の部屋で見付けた一枚の写真がきっかけだった。

弥生と見知らぬ男が映《うつ》っている写真。随分《ずいぶん》昔の——どうやら自分が生まれるよりも前の——物だという事はすぐに分かった。

三月は弥生に問うた。

「このヒト、俺《おれ》の父親？」

何となくそう思ったから。弥生は少し戸惑っていたようだったが、やがて頷《うなず》いた。

「死んだの？」

物心付いた時から、自分に父親のいない理由は二つしかないと、三月は思っていた。

離婚か、死んだか。

ただ何となく、死んだのだろうと思っていた。離婚したのなら、例えば週に一度父親と会う機会があったりするはずだと思っていた。

けれど弥生は首を振った。生きているのだと言う。

「今頃どこで何をしているのかは、分からないけどね」

弥生は寂《さび》しそうだった。

それから三月は、生まれて初めて自分の父親の話を聞いた。

大学生の頃、弥生と父は出会った。一目でお互い惹《ひ》かれ合った気がしたと弥生は言う。

「若かったんだろうね」

弥生は皮肉っぽく笑った。

驚くほど速い恋だったと、弥生は言った。学生のうちに、結婚しようと考えるくらい。

それなりに思慮《しりょ》深いと自認していた自分が、驚くほど軽率で、けれどどうしようもないくらい幸せで、出会って一年も経《た》たぬうちに、弥生は妊娠《にんしん》していた。結婚は、まだしていなかった。

両親にはひどく叱《しか》られた。親子の縁を切るとまで言われたらしい。

三月にとっては人の良い祖父であったが、弥生にとっては厳格な父親だったそうだ。

「親子の縁なんか、切ってもいいって、思ったんだよ。その時は。あのヒトがいれば、他に何もいらないって、思ってた」

弥生は言った。懐《なつ》かしそうに。少し痛ましく。

やがて三月が生まれた。そうなってまだ、結婚はしていなかったと言う。家族の反対などもあって、ゴタゴタしていたらしい。

そして三月が生まれて間もない頃、父親は弥生に告白した。

自分は、詐欺師《さぎし》なのだと。

「結婚詐欺だったんだよね……笑っちゃうけどね、今でも」

博打《ばくち》で多額の借金を抱《かか》えていた父は、弥生を騙《だま》して金をせしめようと考えていた、らしい。けれど本当に弥生の事を好きになって、身分や名前を偽《いつわ》ったまま、弥生と付き合っていたと。

「おかしいとは、思ってたんだよ？　時々言う事があやふやだったり、いろいろね。騙されてるのかもしれないって思う事もあったし」

ではどうして、と三月が問うと、弥生は笑った——これまで三月が見た、どんな笑顔よりもキレイな笑顔で――笑った。

「騙されてもいいと思ったんだよ。あのヒトになら。一生、騙され続けてもいいって」

三月には理解できなかった。騙されているかもしれないと思っていながら、子供を生み、人を信じる続ける事なんて、たぶん自分にはできやしないだろうと思った。

父親は弥生に言った。

これ以上、君を騙している事はできないと。訴《うった》えるなら訴えてもいいと。

けれど弥生はそうしなかった。そうするには、父の事を愛し過ぎていたから。そして、できるならこのまま一緒《いっしょ》になろうと、弥生は言った。

父は首を振った。自分には借金がある。このまま結婚すれば、弥生や家族に迷惑をかけてしまう。

「あのヒトは言ったの。一度、君から離れて、自分一人で借金を全てどうにかしてみせるから、だからその時、結婚しようって」

「それを、信じたのかよ」

弥生が涙ぐんだのを見て、三月は目を背《そむ》けた。

弥生は騙されたのだ。結局。それから何年が経つ？

三月が生まれてすぐだから、十五年以上。だが未《いま》だ父は現れていない。それまで弥生が父親の事を三月に話してこなかった理由が分かった。

たぶん、騙されたと思いたくないから。まだ父の事を信じているから。

人に話せば、きっと騙されたのだと言われるに決まっている。三月だってそう思う。騙されたに決まっている。騙したに決まっている。けれどそれを弥生に告げる事はできなかった。あまりに残酷《ざんこく》な気がした。

弥生が憐《あわ》れだった。それでも信じようとする弥生が、あまりに悲しかった。

そして三月は、弥生を騙した男の血が流れている自分を呪《のろ》った。

だからその時、決めたのだ。

自分は父のようには絶対にならない。借金を作り女を騙して捨てるような人間にはならない。誰もが認める優等生になって、弥生を安心させなくてはいけない。

誰よりも偉《えら》くなって、せめて弥生が、自分の事を誇《ほこ》りに思ってくれたらいいと思った。

必死で勉強して四風館《しふうかん》高校の進学科にまで入り、生徒会長になったのもそのためだ。

けれど弥生はいつだってどこか寂しげで――

今まで自分がしてた事はなんだったのだ？

自分はどうすれば、弥生を幸せにできる？

どうやったら、父親から解放してやれる？

誰も教えてくれない誰も答えてくれない。

まるで空回りをしている。ハムスターが輪っかの中を走り続けるみたいに、カラカラと音を立てて走っている自分。走り続け、走り続け、しかし自分のいる場所は全く変わらない。

どこかでのうのうと生きているであろう父親を呪《のろ》う。

けれどその父親がいなければ、自分は生まれてさえこられなかったのだ。

ただただ憎かった。自分が。吐気《はきけ》がする。窓を覗《のぞ》いた。

三階から見える、地面。飛び降りてしまいたい。何もなかった事にしてしまいたい。

けれど自分がいなくなったところで世界は回り続けるのだ。

自分の中の天文学者が叫ぶ。

――それでも地球は回っている！

自分は何の為に生まれてきたんだろうと思った。何もできやしないのに。

舌打ちをして、三月は立ち上がった。板書をしていた教師が驚いたように振り返る。

「気分が悪いので、保健室、行ってきます」

そう告げると、三月は了承を得るよりも早く歩き出していた。教室を出る。

本当は、保健室に行くつもりはなかった。ただ、少しの間、教室という閉塞的《へいそくてき》な空間から解放されたかっただけだ。少し歩いてから、また授業に戻ろうと思う。

廊下《ろうか》の窓から空が見えた。晴れた空。白い雲。山の彼方の空遠く。

しかし、そこに何があるのだったかが思い出せない。あったはずだ。何かが。山の彼方の空遠く。けれど分からない。思い出せない。何だった？

自分で自分をせっついてみても、結局何も思い出せず、代わりに頭に浮かんだのは歌だった。大嫌いな歌。

「糞ッたれが」

この世にはあるのは悲しみばかりだと、思う。語り合うべきパパだっていやしない。

けれどそれでも地球は回っているから、悔《くや》しかった。

＊

進学科保健室のベッドは自分の部屋のベッドよりもずっとずっと寝心地が良くて、一限目の終わり頃にはすっかり具合も良くなっていたのだけれど、七日《なのか》は気分の悪いふりをして一日中、そこで寝ていた。

「具合はどうだい？」

保健教諭《きょうゆ》の羽住《はずみ》がベッドの側にやって来て尋ねてくる。七日はそれようやく体を起こし、少しボサボサになっている髪を直した。

「良くなったみたいだね」

七日の顔色や仕草《しぐさ》からそう判断したのだろう、羽住は安心したように笑う。その笑顔に、仮病を使ってしまった気まずさを感じた。羽住は七日のベッドの脇に腰掛けると、確認のためか七日の額に触れた。

「しかし、何だろうな。最初から熱もなかったし、貧血でもないみたいだったし」

そう言って首を傾《かし》げる。七日は、最近その発作《ほっさ》が頻繁《ひんぱん》に起こっている事を羽住に告げようかどうか迷った。信じてくれるだろうか。時折夢を見るように、人の顔や景色が目に浮かぶ事、頭の中で誰かの声が聞こえる事。

結局、言い出す機会を逃《のが》し、七日はベッドから立ち上がった。羽住に礼を言い、保健室を出る。

「また何かあったらおいで」

部屋を出る際にそう告げられ、それが少し、嬉《うれ》しかった。何度か世話になった事のある普通科の保健教諭は、どちらかと言うと事務的で、冷たい感じの人だったから。

真希に感謝しなくてはならない、と思った。あの後、どうにか学校に辿《たど》り着きながらも、校門の前でフラついて倒れそうになった七日を支えてくれたのが真希だった。

「調子悪いなら休めばイイのにさ」

呆《あき》れたようにそう言いながら、そちらの方が近いからと、七日を進学科の保健室まで連れて行ってくれたのだ。

キツい外見とは裏腹に、案外優しい人間なのかもしれない。

保健室を出た後、進学科の敷地内を普通科の制服を着たまままうろついていると目立つので、七日は小走りで中庭に向かった。四学科共有の、広々とした空間。もう授業は終わっているから、普通科の校舎に戻っても仕方ない。かといって寮《りょう》にまっすぐ戻るのもなんだか味気ない。

どうしたものか考えていると、お腹《なか》が鳴った。昼食も食べずにずっと眠っていたのを思い出す。とりあえずは食事だと思い、売店に行った。食堂は体育科の人間が多くてなんだか騒がしいから、あまり好きじゃない。

売店には誰もいなかった。昼食時の混雑を考えると嘘《うそ》のようである。

放課後になるとあまりいいパンが残っていないのは寂しいが、お目当てのメロンパンがあったので良かった。

メロンパンが好きだ。クリームパンは嫌い。アンパンは、まあまあ。クロワッサンはお上品な感じがして苦手。チョココロネはかわいいから、好き。

口で溶《と》けるまでメロンパンを嚙《か》み続ける。

広島で一度だけ食べた焼き立てのメロンパンは本当においしかったなァ、と思い出した。ふわふわで、ぎゅっと手を押し込んでもゆっくり元のカタチに戻る。ちぎって口の中にいれると、綿菓子のように口で溶けて、子供の頭くらいはあるのだけれど、本当にいくらでも食べられそうだった。

たまたま道に迷って行き着いたパン屋だったのだが、次に行こうとした時は道が分からなくて、行けなかった。有名な店かもしれないと思って雑誌などで調べてみたが載《の》っていなくて、結局一度だけ。

次に広島に帰った時は絶対に探しに行こうと思う。

そう言えば、三月には父親の法事があるのだった。

思い立って、七日は寮に走った。

寮長になったから春休みは広島に帰れないと祖父母に伝えなくてはならない。いや、帰れないわけではないのだが、いろいろやらなくてはいけない事もあるから、この春は帰らない事に決めたのだった。


寮の自室にある電話を使う事は滅多《めった》にない。広島の祖父母に月に一度、安否《あんぴ》の連絡を入れるくらいで、その電話も通話料がもったいないからそんなに長い時間はかけない。

広島にいた頃付き合っていた友人達とは、もう交流はなくなっていた。年賀状を書いたが返事はなかった。もはや自分は彼女達にとって過去の人間になってしまったのだろうと思う。もともとそんなに気が合う方でもなかった。ただ、どこかのグループに属していないと生きにくかったから、そうしていただけで。

久しぶりの番号を押す。実家の番号。

祖父母は米屋をやっている。最近はコンビニにも米を置く時勢なのでやっていけないとぼやいていた。それでも田舎《いなか》だから、昔からのお得意様相手に、配達を中心に頑張っている。七十を超える祖父母が未だ健康なのは商売をやっているからかもしれない。

コール音三回で祖父が出た。寮長になったため春休みには帰れそうにない事を告げると、祖父は寂しそうに「ほォか」と呟いた。なんだか申し訳ないような気がして、まるで言い訳のように、七日は自分が寮長になった事を祖父に告げた。

祖父はわけもわからず、何と言ってイイのかも分からない様子であったけれど、やがて「頑張れ」とだけ七日に伝え、それから、言った。

「兼五《けんご》の法事じゃが、しょうがないのう」

「うん……ごめん」

「謝らんでもえェ。勉強じゃろうが。しっかりやれ」

祖父のその言葉が、温かかった。

それからしばらく世間話をした。祖母は今近所の老人達と温泉旅行に行っているらしい。やたらと寂しそうなのは、そのせいもあるのかもしれない。

一通り話し終えた後、七日は電話を切って溜《た》め息《いき》を吐《つ》いた。

七日が東京の学校に行きたいと告白した時、祖母はひどく反対した。東京にあまり良いイメージがなかったのだろう。そんな祖母を説得してくれたのは祖父で、祖父は行きたいのなら勝手にしろと、ちょっと怒ったような感じで、けれど実際に七日が東京に行く事になったら、何も言わずにただただ寂しそうにしていたのを憶えている。

最初反対していた祖母の方は、東京行きが決まってしまうと存外あっさりしたもので、広島に帰ってくる時は土産《みやげ》を忘れるなとか、浅草の寺に行ってお守りを買って来てくれとか、そんな事を言っていた。

父、兼五の死後、祖父母に育てられた七日にとっては、実の両親同然と言ってもいい。七日は二人が好きだった。けれど、どこかで祖父母に対し壁を作っているような面があるのも事実だ。

七日にとって、本当の意味で家族と呼べるのは父だった。父だけだった。母親も兄弟もいない七日には。

そう思ってしまう自分が、ひどく冷たい人間のように思える。

次の夏休みには、きっと実家に帰ろうと思った。祖父母にできるだけ甘えて、二人を安心させてやりたい。それにお盆になれば、父の墓参りもしなければいけないだろう。

気が付けば日が落ちていた。もうすぐ春とは言え、まだ日は短い。

今日の夕食はなんだろう。夕食は外食ですます人間もいるから、朝食の時ほど食堂は混雑しないし、おかわりもたくさんできるのが良い。

する事もないし早めに食堂に行こうかと思って部屋を出ると、階段のところで藤井《ふじい》真希と出くわした。ジャージ姿で、どうやら同じく食堂に向かうところらしい。

並んで一緒に階段を降りていると、真希の身長の高さがよく分かった。小柄な七日に比べると頭一つ分飛び抜けている。

踊り場まで降りたところで真希はふと気が付いたように足を止め、

「そういや、大丈夫？」

と、七日の体を気遣《きづか》ってくれた。

「うん。あり、がとう……」

「そう。だったら、いいけど」

それ以上会話は続かなかった。並んで階段を降りる。

食堂にはまだ人影もまばらだった。いつもならあるはずの操《みさお》の姿もない。受験のために一時的に寮を離れているからだ。今は操の代わりに、七日が寮長の責務をこなさねばならず、七日は少しばかり緊張していた。

セルフサービスでご飯やおかずをトレーに載《の》せていき、いつも座る食堂の端の席に腰を下ろした。ぼちぼち人が集まってくる様子をお茶を飲みながら眺《なが》めていると、トレーを持った真希が七日と向かい合うように腰を下ろした。何も言わずに手を合わせ、味噌《みそ》汁《しる》をすする。

何故《なぜ》真希がそんなところに座るのか分からなかった。話しかけてくるわけでもなく、ただ黙々《もくもく》と食事を進めている。七日も何も言わないまま、真希の方を気にしつつ食事を進めた。何か話しかけようかとも思ったが、言葉が浮かばない。

やがて真希は、七日のトンカツの皿を見て、

「一切れ貰《もら》っていい？」

と、二人の間の静寂《せいじゃく》を破った。七日はあまり肉類が好きではないから、ほとんど手を付けずに残していたのだった。

「うん、ええよ」

七日が頷《うなず》くと、真希は嬉しそうに箸《はし》を伸ばした。ご飯の上にトンカツをのせ、白い歯を見せる。

「アリガト。お腹、空いちゃって」

その表情や仕草から感じる限り、それほど悪い人間ではないような気がした。

「……ところでさ」

やがて食事を終えて一息ついたらしい真希が、口を開く。

「あんた、普通科だよね？」

突然の質問に、七日はためらいがちに頷いた。

「そう、じゃけど……」

「だったらお願いがあるんだけど。岸《きし》ナオミにさ、説明してくれない？　あたしは何も

してない、って。クラスは、違うんだっけ？」

「うん」

岸ナオミが何組かまでは知らないが、とにかく自分と同じクラスでない事は分かる。

「まあそれでもいいよ。普通科同士の方が何かとやりやすいと思うし。進学科の人間と普通科の人間じゃ、どうにも話が嚙み合わないとこあるからさ」

「でも……」

「あたしが説明したいのは山々なんだけど、あたしが何言っても無駄《むだ》だから、ね？」

寮長になるという立場もあって、真希のその頼みを断るわけにもいかず、七日は渋々頷いた。本当は他人のあれこれに関わるのは、好きではない。

「まあ、やってみる、けど……」

「助かるよ。あたしは今、渋谷《しぶたに》口説《くど》くので忙しいしね」

真希の、その何気《なにげ》ない一言を聞いて、七日は少しだけ安心した自分に気が付いた。真希はまだ三月と付き合っているわけではないと分かったから。けれど何故それが分かったからといって安心してしまうのか、その理由はよく分からない。

何故だろうと七日が思案していると、真希は急に周囲を見回し、声をひそめて言った。

「あたしが渋谷の事狙《ねら》ってるのは、誰にも言わないでね」

「え、うん。誰にも言わンよ？」

そもそも話すべき誰かもいはしないのだ。七日がそう答えると、真希は嬉しそうに微《ほほ》笑《え》み、それから、

「もう一つ、お願いあるんだけど……」

と、少し言葉を詰《つ》まらせた。

「時々、相談とか乗ってもらっても、いいかな？」

意外な提案に七日が何か言おうとすると、真希はそれをかき消すように早口でまくし立てた。

「なんかあたしって、そういうの相談するキャラじゃないとか思われてるかもしんないけど、たまには誰かに愚痴《ぐち》りたい時もあるし、あんまし普通の恋愛とかした事ないっつうか、経験ゼロって言うか、別に男と付き合った事がないわけじゃないのよ？　でも何て言うか、こういうのちょっと初めてって言うか何と言うか、そもそもあたし進学科にトモダチいないしさ、いや、まあ普通科にもゲージュツ科にも体育科にもいないいんだけど、とにかくいい機会だし、よかったら話し相手になってくんない、かな……」

それだけ言って、ようやく真希は大きく息をつき、上目遣いに七日を見た。なんだか子供のようだった。思わず笑ってしまう。

「わ、笑わないでよ！」

真希は顔を紅《あか》くさせて叫んだ。

隣席《りんせき》の女子生徒が、七日と真希のやり取りに気付いて一瞬視線を送ってきたが、すぐに興味なさそうに食事を再開した。

「……とにかくさ」

周りの視線がこちらに向けられていないのを確認してから、真希が再び口を開く。

「そういう事だから。ね？」

七日は頷きながら、岸ナオミの話をしている時の態度と全く違う今の真希に多少の驚きと意外さを感じていた。それはきっと、渋谷三月の事を本当に好きだからなのだろう。

三月の話をする真希は、どこかおどおどしていて、不安そうで、けれど幸せそうだ。

渋谷三月はそんなにも素敵な男性なのだろうか。

あの、自分に微笑みかけてくれた彼は。

「あの、藤井さん――？」

三月の事を尋ねてみたくなって、七日は口を開いた。だが真希はそれを制するように、

「真希でいいよ」

と言う。

「え？」

思わず聞き返してしまっていた。

「よそよそしいじゃん。名字で呼ばれるより、名前で呼ばれる方が好きなんだ」

「あ、うん。分かった……」

「あたしもあんたの事、名前で呼ぶからさ」

言いながら、真希は食事を終えて箸を置くと、掌《てのひら》を合わせてみせた。その動作が何となく真希には不似合いで、けれどそれが好ましくも思われる。

七日が自分の名前を告げると、真希は微笑んだ。

「良い名前だね」

名前を誉めてくれたからか、或《ある》いはその笑顔がとても良い感じだったからか分からないけれど、七日は、真希となら友達になれるんじゃないかと、そんな事を思った。

*

放課後に担任教師に呼び出され、職員室へ向かった。

まさか説教されるわけでもあるまいな、と思う。

「渋谷、最近のお前はどうかしてるぞ」

なんて。分かり切った事。

「どうかしてるともさ」

開き直って呟いたところで何の解決にもなりはしない。職員室への階段を昇りながら、制服のホックがきちんと閉まっているかを確認する。

「失礼します」

断ってから扉を開けて中に入ると、担任教師の伊崎《いさき》がにたにたと笑いながら手招きしてきた。どうもこの教師は好きになれないと思いつつも、表情には出さないよう意識し近付いていく。

「来月の七日にな、卒業式、あるだろ？」

突然そんな事を言われた。

「はあ」

「その席で、在校生の代表から卒業生に向けて言葉を送るんだよ、な」

後は言わなくても分かるだろう、という様子で、伊崎はそこで言葉を切った。

「それを僕《ぼく》にやれと？」

「生徒会長だからな……やってくれるだろ？」

「別に構いませんが……二年生の方が適任じゃないんですか？」

生徒会長という立場にあるとは言え、三月はまだ一年生に過ぎない。二年生の方が三年生との共有した時間も長いし、言葉も浮かびやすいだろう。

だが伊崎はいやいやと、手を顔の前で振ってみせた。

「そこは、ほれ……生徒会長がやった方が、な、しっくりくるだろ？　在校生代表なんだしな」

三月は、何となく筋書きが読めたような気がした。おそらく伊崎はどうあってもその送辞《そうじ》を三月にやらせたいのだ。生徒会長だからという建前で、会議か何かで押したのかもしれない。自分の受け持ちの生徒が送辞を述べる——そんなちっぽけな出来事を誇りにする。伊崎はそういう教師だ。

「先生がそう仰《おつしや》るなら、別に、構いませんけど」

とはいえ、断る理由もない。三年生に世話になった事は全くと言っていいほどないが、仕事だと思えばいくらでも言葉は出てくる。

「そうか、じゃあ、言葉はお前に任せるから、な。しっかりやってくれよ」

伊崎は嬉しそうに、ヤニで汚れた歯をちらつかせながら笑った。一緒にぽんぽんと肩をはたかれたのが不快だったが、微笑みを返しておく。

「それじゃ、失礼します」

「ああ、渋谷？」

帰ろうとしたところを、呼び止められる。振り返ると伊崎は、

「年度末試験も近いな。勉強は進んでるか？」

などと下らない事を聞いてくる。世間話のつもりなら、センスのない話題だと思った。

「ええ、まあ。適度には」

「そうかそうか。まあお前の事だから、きちんとしてると思うけど、な」

いかにもお前の事は分かってるぞ信用してるぞという口ぶり。やり切れなくなって、三月は会釈《えしやく》をした後逃げるように職員室を後にした。

必死で勉強して仮面を被《かぶ》って生きてきて、得た物は何だったのだろう。

俗《ぞく》っぽい教師の信頼を得て、何になるというのか。

自分が欲しかったのは、そんなものじゃない。

――じゃあ自分は何が欲しい？

自問しても答えは出ない。

弥生を安心させたかった。和泉にイイ男と認めて欲しかった。けれど、それが本当の答えではない気がする。

――何故だろう。

何故自分は、他人のために頑張るのだろう。弥生が安心したらどうなる？　和泉にイイ男と認められたら何が起こる？　世の中には分からない事が多すぎる。人を殴《なぐ》り殺せるような分厚い辞書にだって、その答えは書いてはいない。

めまいがした。頭が痛い。授業中、保健室に行くふりをして抜け出したのを思い出す。ウソから出たマコトと言う奴か。

髪を掻《か》き上げながら、三月は保健室に向かっていた。

進学科の保健室に常駐《じょうちゅう》している羽住海里《かいり》教諭は、こざっぱりとした性格で、多くの生徒にとって良い相談相手になっている。来るものは拒まずなところがあるので授業をサボって保健室でくつろぐ生徒も少なくない。

三月自身は授業をサボった事はないが、時折、頭痛や風邪《かぜ》気味の時などに薬をもらう事があって、羽住とはそれなりに交流があった。保健教諭のくせにやたらと煙草を吸い、そのために保健室が煙草臭《くさ》いのはいささか問題があると思っていたが、羽住の性格自体は嫌いではなかった。

「やあ優等生」

保健室に入るなり、そう呼ばれる。羽住は咥《くわ》え煙草で本を読んでいるところだった。

「どうした？　風邪？　それともオツムが痛いかい？」

三月が来る時はそのどちらかしかないという事をいかにも分かっているという口ぶり。

「ちょっと頭が痛いんで、薬、もらえますか」

三月がそう言うと、羽住は少し面倒そうに本を閉じ立ち上がった。

「前に言ったけど……あんまり良くないぞ、薬に頼るのは」

言いながらも、薬などが置いてある棚《たな》から箱を一つ取り出し、放ってくれる。

「あんまり無理しないようにな」

付け加えられた羽住の一言に、三月は体が硬直するのを感じた。頭の中で藤井真希の声が響く。

——無理してるように見えるよ？

「センセイ……僕、無理してるように見えますか？」

三月が問うと、羽住は意外そうな眼差《まなざ》しを三月に向けた。ずれ落ちそうになっている眼鏡《めがね》を指で上げて、口を開く。

「何だい、突然」

「いや……なんか、気になって」

「ふうん」

羽住は椅子《いす》にどっかりと腰を下ろし机の上のボールペンを摘《つま》み上げるとくるくると回し始めた。何か言葉を選んでいる様子だった。

「まあ、オトナの私から見たら」

羽住は言った。

「君は随分と出来がいいな」

「出来、ですか」

「品行方正、学業優秀とくれば、教師としては言う事はないさ。でも——」

そこまで言って、羽住は持っているペンの先をぴしりと三月に突き付けた。

「あまりによく出来すぎてて、見てて不安になる時はある」

弥生にも、似たような事を言われたと思った。弥生は、三月が真面目にしているのを見て、心配だった、と言ったのだ。

「何で、不安になるんですか？」

三月には、オトナの理屈《りくつ》は分からなかった。真面目にしていて何が悪い？　屑《くず》みたいな人間になるよりも、ずっとずっと良い事のはずなのに。

「なんでって……そりゃ、君がコドモだからさ」

子供。自分はオトナではないのだろうか。子供。コドモ。

「そんなに出来がいいはずないだろう？　コドモなんだから。駄目《だめ》なとこがあって憎たらしいところがあって……普通はそういうもんさ。でも君を見てると、何の心配もないように見える……それが、かえって不安だな」

そう言われても、やはり三月には納得できなかった。しばらく黙っていると、羽住は困ったようにボールペンの先で頭を掻き、

「例えば、ここに置物があるとして」

と、机の上の一角をボールペンで指し示す。

「その置物が真ん丸だったらどう思う？　台座なんか何もない、ただの丸い置物さ」

「そりゃ、落ちないかどうか心配しますけど」

三月が答えると、羽住は頷いて、

「私が君に感じるのはそういう感情だな。あまりにいびつじゃなさ過ぎて、あらぬ所に転がっていってしまうんじゃないかと心配になるよ」

と、言った。

「ま、あんまし難しく考えずにやりたいようにやってみる事さ」

押し黙った三月とは裏腹に、羽住はあくまで明るい調子でそう言う。その明るさが、ありがたいような、ありがたくないような気がした。薬を飲み保健室を出ながら、三月は、はたして自分が何をしたいのだろうかと考える。ここ数日考えてばかりいる事。いつまでも答えの出ない問い。

家に帰ると、めずらしく弥生が早く帰宅していた。料理をしている。そんな姿を見るのは久しぶりだった。一週間ほど、夕食は三月一人、外食ですませていたのだ。

「おかえり」

ひどく上機嫌の弥生は、鼻歌混じりにコンロの火力を調節している。料理をする前に着替えればいいのに、エプロンの下はスーツ姿のままだった。

ケチャップの匂《にお》いがする。

「ロールキャベツだ」

三月が言うと、弥生は手を洗いながら、

「アタリ」

と笑った。弥生は機嫌のいい時にはロールキャベツを作る癖《くせ》がある。

「何かあったの？」

「こないだうちで出した絵本がね、えらく評判いいのよ。大増刷」

「そう……良かったね」

弥生は少し眉《まゆ》をしかめて三月を見据《みす》えた。

「あんまり喜んでくれてないみたいだね？」

「そんな事ないよ。おめでとう」

けれどそうやって口に出した言葉も、あまり精彩《せいさい》がないのが自分でも分かった。

「――サンガツ」

煙草に火を点《つ》け、弥生は溜め息混じりに煙《けむり》を吐き出した。料理中でも掃除中《そうじちゅう》でも、弥生は構わずに煙草を吸う。

「悩みがあるんなら言ってごらん。何のために親があると思ってンの？」

「別に、悩みなんか……」

そこまで声に出してみて、三月は口を閉じた。これ以上騙し続けるのは無理なような気がした。母や周囲の人間や、何よりも自分自身を騙すのは、もう。

「母さん……」

制服のホックを外し、三月は言った。

「俺《おれ》、さ……嘘、ついてた」

弥生を前に、久しぶりに「俺」と言ったような気がした。

「よく分かンないけど、俺、何か今までの自分じゃ駄目なような気がしてさ……頑張ったんだ。頑張って……良い子になろうと思ったんだけど、でも全然意味なくてさ、みんなして俺の事心配してて……俺はただ、安心して欲しかっただけなんだ。みんなに、母さんに、笑って欲しかった……俺は、屑にならないから……だから……」

それ以上言葉が出てこない。鼻がぐずつくのを感じた。涙腺《るいせん》がゆるんでいる。弥生は何も言わず、ただ煙草を吸い時々鍋《なべ》の様子を見ているばかりだったが、やがて、言った。

「サンガツ……あのヒトの事、気にしてるんだね？」

あのヒト——三月の父親。名前も知らない、自分の父親。

「最近気が付いたんだよ……あんたの様子がおかしくなったのは、あのヒトの話をしてからだったって……ごめんね。あんたを苦しめるつもりはなかったんだけどね」

「自分の父親が結婚詐欺師だったたって知って、ショックじゃない息子がいるかよ……」

「やっぱり、そう、思うかい？」

弥生は寂しげに呟いた。まだ信じているのだ。帰って来ない父親を。結婚さえしていない男の事を。

「誰だってそう思うだろ」

「でも、それでも信じたいんだよ」

「何で……分かンねェよ！　何でそこまで信じようって思うんだよ！　いいじゃんかよ、騙されたって！　そんな事だってあるさ。そうだろ!?」

目に涙をためて三月が叫ぶと、弥生はまだ幾分か残っている煙草を、シンクの水に漬《つ》けて消した。それをゴミ箱に捨てる。

「……あんたの父親だからね」

弥生は言った。

「あんたの父親だから、信じるんだよ」

そう言われて、もう何も言えなかった。

その後、弥生の作ったロールキャベツを食べ、予習や復習もしないまま、早い時間に眠りに就《つ》いた。いつもなら眠るまでに随分と時間がかかるのに、その日はすんなりと眠りに落ちる事ができた。

翌朝、目覚めてから、三月はぼんやりと昨晩の弥生の言葉を反芻《はんすう》していた。

——あんたの父親だから。

弥生はそう言ってくれた。自分を見てくれていた。それが、嬉しかった。

朝食を作るために、着替えてから自室を出る。

いつもなら三月が起こすまでは目覚めないはずの弥生が、ダイニングで新聞を読んでいた。咥え煙草のまま三月に目を向けると、

「おはよう、我が息子。今日の朝食は何かな?」

そう言って弥生は笑った。屈託《くったく》のない、何も悩む事はないんだと、そう言ってくれているような、そんな笑顔だった。

その時、三月は自分が弥生の息子である事を、誇りに思った。

心から。

四章　なみだがあふれ

寮内《りょうない》での生活と言えば、それまでただ部屋の中でごろごろするだけだったものが、二月になって以来すっかり急変した。操《みさお》の部屋に行きいろいろな事を憶《おぼ》えたり、真希《まき》の部屋に行って色恋の話をしたりする。

「ナノカはさ、好きな人とか、いないの？」

ある日真希にそんな事を言われて、七日《なのか》は首を傾《かし》げた。

「うち、好きとか、よう分からンけェ……」

「じゃあ今まで誰《だれ》かを好きになった事ないの？」

真希が目を丸くする。そんなに驚く事かと思うのだが、真希にはどうにも信じられないらしい。

「そりゃあんた、人生の半分くらい損《そん》してるよ」

「そ、そう？」

「損してるって！　女は恋してナンボじゃんさ」

そこまで言い切られるとそうなのかもしれないと思えるから不思議だった。けれど恋というのがどういうものなのかが、今一つよく分からない。

七日がそれを言うと、真希はきゅっとジャージの胸あたりを摑《つか》んで切なそうな顔をしてみせた。

「側にいるだけで、ドキドキするの。胸が苦しくてさ……それ以上近付いたら、相手に心臓の音が聞こえちゃうんじゃないかって不安でさ。でも近付きたい、やっぱり駄目《だめ》！みたいな感じかな」

「うーん」

何となく分かるような気もするのだが、

「でも真希は三月《さんがつ》クンとキスしたんでしょ？」

真希が言うとあまり説得力がない気がした。

「そ、それはナリユキだからさ」

成り行きで付き合ってもない男とキスをするのはどうなのだろう。恋とはそんなものなのだろうか。やっぱりよく分からない。

「ま、とりあえず、ドキドキかな。あたしの場合は」

言われてみて、七日は真希の恋の相手——三月の事を思い出した。

三月に微笑《ほほえ》まれたあの時、自分はドキドキしてはいなかったか。

「恋、か……」

呟《つぶや》いてみても実感はないけれど、ひょっとして、自分は三月に恋をしたのだろうかと思う。三月と、七日。考えてみれば不思議な名前の取り合わせ。

——運命的な相手？

考えてみて首を振った。よく、分からない。そもそも三月と七日は、出会ってさえいないのだ。ただ偶然、七日が三月の名前を知っただけで。きっと三月は七日の事など、憶えてもないだろう。

「どしたの？」

真希はきょとんとして七日を見ている。

「ううん。なんでもない」

とりあえず、真希には黙《だま》っておこうと思った。今さらそんな事を言おうものなら、首を締《し》められかねない。

「そろそろ、戻るね」

部屋の片隅に置いてある卵型の置時計を見て、七日は立ち上がった。真希が不服そうな顔をする。

「もう帰るの？」

「うん。もうすぐ消灯時間じゃし」

「いいじゃん、ちょっとくらい」

言いながら、真希は背もたれにしていたベッドの上から枕を取り、太股《ふともも》に挟《はさ》み込んで抱きかかえた。そのまま上体をゆらゆらと揺《ゆ》らす。

「もうちょっと話そうよォ。コイバナしようぜー」

「駄目。寮長になるんじゃけエ、規則は守らんといけんもん」

「て言うかさ、あたしゃなんであんたが寮長になろうと思ったのか、不思議でしょうがないよ」

そう言われると、自分でもうまく答えられない。けれど強《し》いて言うなら、

「なんか、イイ事あるかもって、思ったけエ」

そういう事だった。

「イイ事、ねえ……ま、部屋は広くなるよね」

そう言えば寮長は一階の一番広い部屋に住めるというのが、特権らしい特権であった。だがその部屋にはまだ操が住んでいる。引越しの準備をしているようにも見えなかったが、大丈夫なのだろうか。気になったので明日聞いてみようと思った。

「じゃあ戻る。消灯時間、ちゃんと守ってね」

部屋を出る前に、真希に釘《くぎ》を刺しておいた。仲良くしていても、そういうところはしっかりしておかなくてはいけない。

「ハイハイ」

面倒そうな真希の返事を背中に部屋を出ると、廊下《ろうか》は少し肌寒かった。風呂上がりにすぐ真希の部屋に行ったせいで、まだ髪が少し濡《ぬ》れている。風邪《かぜ》を引かないようにしようと思いつつ、月明かりの差し込む廊下《ろうか》を歩いた。


翌日、朝食の際に操に引越しの話をすると、引きつった笑いを浮かべながら、

「ああ……卒業式の日に引っ越さなきゃ、なんだよね」

と、言う。

「卒業式って、何日でしたっけ？」

「三月、七日」

「七日……」

自分の名前と同じだから少々ややこしかったが、三月七日と言うともう一週間と少ししかない。

「早ゥ片付けんと、まずくないですか？」

七日が言うと、操は頷《うなず》いて、

「まずいよね……やっぱ」

などと呟くのだった。寮内の規則には厳しい割に、自分の私生活については全くもっ

て無頓着《むとんちゃく》だ。少し呆《あき》れたが、七日は顔には出さずに言った。

「それじゃったら、うち、手伝いますよ?」

「うん……そうしてもらうと、助かる……」

意外なくらいにあっさりとした答えだった。どうも様子がおかしい。

「どうか、したんですか?」

七日の問いに、操は額を長い爪《つめ》で掻《か》いてみせた。

「いや……大学の事でさ……」

操は芸術科に所属している以上美術系の大学に進学するものと思っていたが、どうもその事で悩んでいるらしい。

「受かるのは受かったんだ……美術科のあるとこにね。すごい行きたいとこだったから嬉《うれ》しかったんだけど……」

「けど?」

「お父さんがさ……」

呟いて、操は頭を抱《かか》えた。

「反対しとるンですか?」

きっとそういう事だろうと思って七日が口を開くと、操は首を振る。

「いや、お父さんの会社、倒産しちゃったって……」

「ええッ!?」

思わず声が漏《も》れた。周囲の人間が不審《ふしん》そうに七日達の方を振り返ったので、七日は慌《あわ》てて声をひそめる。

「倒産……？」

「そうみたい……この御時世じゃ再就職も厳しいだろうし……。そんな時にさ、学費の馬鹿《ばか》高い学校に行ってられないもん……」

困った事だ、と思いはするのだが、いかんせん金銭の問題だけは七日にはどうにもならない問題だった。

「それで、どうするンですか？」

七日が尋《たず》ねても、操は首を振るばかりだった。

「迷ってるんだよね……ワガママ言ってでも、大学行くべきなのかなァ……」

あまりに大きな問題過ぎて、七日には意見を言う事もできない。

自分は無力だと思う瞬間。

「奨学金《しょうがくきん》とか、いろいろあたってはみてるんだけど、なかなかね……」

頑張って、と言おうとして、七日は口を閉じた。きっと操は頑張っているに違いないから、そんな言葉をかけても何にもならないような気がした。

「うち……何もできんけェ……せめて、祈っときます。うまくいくように」

それが精一杯の、言葉だった。操はそれを聞いて、優しく、笑ってくれた。

「ありがとう……あなたを次の寮長に指名して、正解だったような気がする」

そう言われた事は、これまで生きてきた中で何より嬉しい事のような気がした。

けれど、何か落ち着かない。

うまくいき過ぎているような、そんな気がした。

理由はどうあれ自分の事を信頼してくれている操。きっかけはどうあれ今や友達付き合いをしている真希。

ほんの数週間前まで孤独だった自分は、今はもう孤独ではない。

本当は、寂《さび》しかった。友達だって、欲しかった。

けれど自分にはそんな資格のないような気がして、だから七日は誰とも接する事をしなかったのだ。ずっと、ずっと。

だから、嬉しかった。操や真希の存在が。自分の側にやって来てくれた他人の存在が。

でも、思う。

本当は嫌われてるんじゃないか。本当は蔑《さげす》まれてるんじゃないか。或《あ》いはそうでなかったとしても、ちょっとした事で離れて行ってはしまわないか。

不安で仕方がない。

いつ伝えられるかと、ビクビクしている、

「嫌い」

そう言われたら、きっと泣くだろう。分かっていた事だとしても、まぶたには涙があふれてくるだろうし、人目も構わず大声を出して泣いてしまうだろう。

そんな事を考えながら、ぼんやり学校までの道のりを歩いた。


二限目が終わった後の休憩《きゅうけい》時間、七日が廊下の窓を開けて外の空気を吸っていると、側を岸《きし》ナオミが通った。不機嫌そうな顔をして、歩き方からしていかにも機嫌の良くない事を感じさせる。できるなら近寄りたくない感じだった。

七日は、ナオミが隣《となり》のクラスと分かってからかれこれ三日、ナオミに話もせずに先延ばしにしていた。どうにもわざわざ隣のクラスに足を運ぶ気になれなかったのだ。だが今、ナオミが側を通った。この機を逃《のが》せばいつまで経《た》っても話などできないと思い、慌てて後を追ってナオミの肩を叩《たた》いた。

「……あの、岸、さん？」

振り向いたナオミはきっと七日を睨《にら》み、

「何？」

と、きつい口調で言った。思わず身を引いてしまいたくなったが、堪《こら》えて口を開く。

「ちょっと、話が、あるんじゃやけど……」

「だから何よ?」

「いや、あの……ね、藤井《ふじい》、真希さんから、伝言があって」

真希の名を口にした途端、険《けわ》しかったナオミの表情がさらに険しくなった。

「あの……彼氏の事ね、取ったとかじゃなくて、その……誤解って言うか……」

うまく言葉にできず、口を止めるとナオミは七日の袖《そで》を掴んだ。

「何? あいつに頼まれてあたしの事手なずけに来たわけ?」

「いや……そういう、わけじゃなくて……」

「じゃあ何? なんなの?」

「じゃけェ……その、藤井さんが悪いわけじゃなくて……その……」

泣きたかった。言葉もうまく出てこないし、どうしたらこの場を丸く収められるかも分からない。ナオミは、まるで七日が敵であるかのような憎悪のこもった瞳《ひとみ》で、七日を見つめていた。

「あの、ね……うん、あの……つまりね、誰も、悪くないと思うン」

「はァ!?」

怒気《どき》を含んだナオミの声を押さえ込むように、七日は、必死で喋《しゃべ》った。どうにか、ナオミの気を鎮《しず》めたかった。

「人が人を好きになるとか、しょうがない事じゃし……誰かを責めてもね、それはたぶん仕方ない事じゃけェ……あの、岸さんもね、その……藤井さんの事、許してあげられン、かなァ……」

「何だよ、それ……」

ナオミは少し呆れたような顔をして、七日を上目遣《づか》いに見つめた。

「馬鹿《ばか》じゃないの？　そんなんで納得できるわけないじゃん」

「でも……」

「だいたいさ、進学科のくせに男に色目遣ってるのがムカツクんだよ。お勉強だけしときゃいいんだよ、あいつらはさ」

ナオミは唾《つば》を吐《は》くみたいに言った。その様子が、なんとなく、七日のカンに触った。

「何で？」

問う。先程よりも声が大きくなっているのが自分でも分かった。

「進学科じゃったらとか、関係ないじゃん……誰だって人の事好きになったり、好きになって欲しいって思うよ？　何で？　進学科じゃったら恋とかしちゃいけンの？」

詰《つ》め寄ると、ナオミは一、二歩後ずさり、それから口を開いた。

「な、何で進学科の人間かばうわけ？」

「じゃあ何で進学科の人間を嫌うン？」

進学科。その言葉を口にするたびに、七日の頭に生徒会長の——三月の顔が浮かんだ。

不思議な事に、真希の顔はちっとも浮かんでこなかった。

「進学科の人だって……きっと、イイ人もおるし……」

少なくとも、三月はイイ人だ、と思う。話した事さえないけれど、何となく。

「う、うるさいな！　とにかくあたしは進学科は嫌いなんだよッ！」

ナオミはそれだけ言うと、逃げるように教室に入ってしまった。

チャイムが鳴る。しばらくの間、七日は廊下に立ち尽《つ》くしていたが、やって来た教師に促《うなが》され、教室に戻った。

授業中、いつものように窓の外を見る。

進学科の校舎。真っ白な校舎。あのどこかに生徒会長がいると思うと、少しドキドキした。何故《なぜ》そんなにもドキドキするのだろう。分からない。一度も話した事などないのに、ずっと頭から離れない。微笑んでくれたあの時の三月の顔、その後で授業を受けていた真面目《まじめ》な顔。何故か、忘れられない。

できる事なら窓を開け、飛び立って、はばたいて、あの真っ白な校舎に行ってしまいたい。渡り鳥のように今いる場所を離れ、あの真っ白な校舎の屋上に降り立って叫びたい。今の、この、胸の中のもやもやを。

けれど自分は所詮《しょせん》は普通科の生徒で、ナオミには恨《うら》まれてしまっただろうし、結局自分は誰にも愛されてなどいなくて、そもそも自分には翼《つばさ》などなくて、あの白い校舎は自分なんか受け入れてくれないだろうと、そんな気がした。

寮長の件を引き受けて、何かイイ事があるかもしれないと思ったけれど、イイ事なんて何もない。ただただ寂しくなるだけだ。自分は孤独だと、そんな否定的な言葉ばかりが頭に浮かんだ。

「サビシイ」

ふとノートに書いてみる。それから、世界史の教科書に載《の》っている偉《えら》い人の写真にフキダシを付けてみた。

「サビシイヨ！」

歴史上の人物が次々に叫んだ。ダ・ヴィンチもミケランジェロもマリーアントワネットもコロンブスもニュートンも、みんなが叫んだ。

――寂しいよ！

きっと、それが、本心。

みんな寂しかったに違いない。どんなに偉い事をしたって、どんなに悪い事をしたって、どんなにたくさんの人に誉《ほ》められたってけなされたって、一人だったら寂しいに決まっている。一人は寂しい。どうしようもないくらい。

七日も、そう。

友達なんていらない、そんなふりをしてた。ずっと一人で、ずっと一人で。

本当は、寂しいのに。

でも、仕方ないのだ。

七日は思う。

仕方ない事なのだ。

ナオミが無条件に進学科の人間を嫌うように、きっと七日はいろいろな人に無条件に嫌われてしまう、そういう存在なのだ。

きっとみんな知っている。七日の父親が、七日のせいで死んでしまった事を。だから皆、七日を蔑んでいる。きっと。

人殺し。

ヒトゴロシ。

きっとそうやって、心の中で罵《ののし》られている。

幸せになれるわけなんかない。

いい事なんて起こるわけない。

友達なんてできるわけがない。

きっと、一生、そう。

何も変わらないまま、過ぎていくだけの時間。

憂鬱《ゆううつ》。漢字は未《いま》だに書けないけれど。英語で何と言うのかも良く分からないけれど、でもユウウツな気持ちは、分かる。

昼休みになり、パンを買いに行かなくては食べる物がなかったが、食欲がないので七日はじっと自分の席に座ったまま、窓の外を見続けていた。早々と昼食をすませた生徒達が、バスケットボールを持って体育館の方に向かっている。一緒に食事をするために、弁当を持って並んで歩く女子生徒達。

中庭の通路に、七日は三月の姿を見付けた。思わず目で追う。白い制服。

三月の後を追うように、真希が歩いている。何か話している、二人。なんだかとても、仲が良さそうだった。

遠くの、遠くの人に見えた。いつまで経ってもどうやっても、二人のいる場所には到達できない気がした。

――山の彼方《あなた》の空遠く。

ああ、やっぱり幸せというものは、遠くの遠くの方にしかないのだと、思う。

その時、眼下にいる三月が、突然、思い出したように上の方を見上げた。瞬間、七日と三月の目が合う。

七日は思わず、頭を伏《ふ》せて隠れた。

目が合った。

目が合った。

一体それが何なのだ、と自分でも思う。

――でも、目が合った！

大きく息を吸い込む。胸に手を当てる。ドキドキしている。

「どうしよう」

ドキドキしている。錯覚《さっかく》じゃない。ドキドキしている。

七日は、自分がナオミに言った言葉を思い出していた。

人が人を好きになるのなんてしょうがない事だから。

でも。

「どうしよう……」

ひょっとしたら、好きになってしまったかもしれない。よりにもよって。進学科のエリートなんかを。自分が。自分みたいな人間が。

勉強が出来るから？　それとも顔が良いから？

たぶん、違う。

多分、あの時。七日に向かって微笑んでくれたあの時。

あの時から、七日は彼を好きになってしまっていたのだ。

だから真希の部屋で写真を見付けた時にも、思わず反応してしまったのだろうし、進学科の生徒を蔑むナオミの態度にも我慢《がまん》ならなかったのだ。

そこまで考えが行き着いて、七日はふと天井《てんじょう》を見上げた。

仮にそうだと自覚して、一体何ができるのだろう？

真希は三月を口説《くど》いていると言った。今からそこに割り込むなんてできそうもない。

何より、三月が七日の事を相手にもしないに決まっている。三月は真っ白で、真っ白で、うす汚《よご》れた自分にはこの上なく不似合いだ。

膝《ひざ》を抱えて、小さくなる。

忘れようと努力してみる。

けれどどうしても三月の事が頭に思い浮かんだ。打ち消そう打ち消そうと思っても、何故か消えない。消えてくれない。意識すればなおさら、思いは強くなっていくような気がした。

こんな事、初めてだった。ましてやただの一度も面と向かって話した事のない相手に、なんて自分でも信じられなかった。けれど確かに七日は三月を求めていた。許されるならば近付いて、手を繋《つな》ぎたいと思った。

「どうしよう……どうしよう」

思いばかりが募《つの》って、どうしていいかはさっぱり分からなくて、ただ呟くだけが精一杯の、金曜日の午後。

頭が痛かった。

何故だか少し、泣きたくなった。

＊

「どうかした？」

ずっと二階の窓を見上げていた三月に、真希は首を傾げた。

「……別に」

そう答えたが、それでも気になって、三月は依然《いぜん》窓を見つめていた。確かに、あの窓の側に、少女が、いた。以前、三月に向かって手を振っていた、あの少女。

「誰かいるの？」

「別に、って言ってンだろ」

或《ある》いは自分の気のせいだったかと思い、三月はようやく視線を下ろして真希の方を見やった。真希は不満げに頬《ほお》を膨《ふく》らませている。

「上の空なんだから」

「何だよ……悪《わり》ィかよ」

三月は、真希の前ではもはや自分を隠す事をしていなかった。そうでもしないと真希の思うように操られてしまうような気がしていた。

「悪いも何もさ、人の話聞かないで窓ばっか見てるなんて失礼だと思わない？」

真希が言う。最近やたらと三月に干渉《かんしょう》してくる事に対し、三月は正直うんざりしていた。あたりを見まわす。中庭にはあまり人の気はないと知って、三月は安堵《あんど》した。真希とのやり取りをうっかり人に見られてはたまったものではない。

「勝手についてきて勝手にベラベラ喋ってるだけだろ？」

「そんな言い方する事ないじゃん。あたしは真剣なんだからさ」

「どうだか」

真希の言い分には耳を貸さず、三月は歩き始めた。

「渋谷《しぶたに》さ、最近なんかぼーっとしてない？」

言われて、はっとした。

確かに真希の言う通り、気が付けばあの少女の事ばかり考えている。名前も知らない、声さえ聞いた事のない、あの普通科の少女。

三つ編みが、印象的だった。キレイな黒髪。

ゆらゆらと揺れていた小さな手。

三月が微笑むと、急に恥ずかしそうに顔を伏せてしまった。不思議な少女。

誰かに似ていたような気がする。誰だったろう。思い出せない。

「ちょっと……渋谷？」

頭の中で何かがうごめいていた。動悸《どうき》、動悸。

「痛ッ……」

頭が、痛い。きしきしと音を立てて軋《きし》むような感じ。たまらず頭を抱えると、真希が体を支えてくれた。

「大丈夫……？」

「くそッ……またか……」

昔はせいぜい一ヶ月か二ヶ月に一度程度のものだったのが、最近になってやたらと発《ほっ》作《さ》の回数が増えていた。もう今月に入って何回目だろう。三回か、四回か。よく憶《おぼ》えていないが、かなり短い期間で頻繁《ひんぱん》に起こっているのは確かだ。

「渋谷？」

遠くから真希の声が聞こえる。意識が体を離れていくような感覚。別人になってしまうんじゃないかというような不安、恐怖、焦燥《しょうそう》。足の震え。側の木に手をかけて、地面に膝《ひざ》を突《つ》きそうになったのをどうにか堪えた。

「ち、ちょっと……？」

驚き三月の体を支えようとする真希の手を、三月は払《はら》い除《の》けた。

「触ンな……」

「そんな事言ってる場合じゃないでしょ？　大丈夫？　前にもこんなのあったけどさ

……何か持病でもあんの？」

「知らねェよ……畜生《ちくしょう》ォ……何だ、これ……」

汗が滲《にじ》む。真希がそれをハンカチで拭《ぬぐ》った。

「ハンカチなんか持ってンのかよ……似合わねェ」

「……そんな事言ってる場合？　保健室連れてくよ。肩貸すから。ほら」

そう言うと、真希は半《なか》ば無理矢理に三月の腕を取り、自分の首に巻き付けるようにして肩を貸した。真希の胸が脇のあたりに触れる。制服越しの、柔らかい感触。

「お前ェ、強引なんだよ……いっつも……」

「強がってないで歩きなよ。でなきゃ殴《なぐ》って気絶させてから運ぶよ？」

引きずられるようにして、足を前へ前へと出す。意識がどこかへ飛んで行きそうだった。羽を持って屋上にでも飛んでいきそうな、そんな感覚だった。

「こないだもうちの寮のコを保健室に連れてったけど……さすがに男は重いね」

歩きながら、真希が何の気なしにそんな事を言った。三月は、その言葉をうつろな意識の中で、何となく、聞いていた。真希が以前に連れていったのはどんな人間だったのだろう、とふと思った。

頭の中では何かが渦巻《うずま》いている。

誰か、女の、声や、想い。

誰かは分からないけれど。確かにそれは、自分ではない誰かの、想いの数々。

——サビシイ。

声が聞こえる。頭の中で響いている。

泣きたいくらい孤独で、どうしようもないくらい自分を傷付けて、そして寂しいと叫んでいる。

——寂しい。

一体誰が、叫んでいるのだろう。

そんなにも、強く、強く、悲しいくらい。

「渋谷ィ……ほんとに大丈夫？」

真希の声に我に返る。

「ねえ、ちょっと……ちゃんと歩いてよ。倒れちゃうよ」

足に力が入らない。真希が必死に自分の体重を支えようとしているのが分かった。

「何で……そんなに、必死になってんだよ……」

「必死になっちゃおかしい？　好きな男がフラついてんの見て放っとくほど、あたしは薄情じゃないわけ」

「……似合わねェセリフ」

「自分でも分かってるよ、そんな事くらい……分かってるけどね！　放っとけないじゃないのさ！」

　そうして真希に体を引きずられ引きずられ、ようやく保健室に辿《たど》り着いた。ノックもせずに真希が扉を引き開ける。部屋の奥に進むと保健教諭《きょうゆ》の羽住《はずみ》が目を丸くして立ち上がった。拍子《ひょうし》に眼鏡《めがね》がずれて、羽住は慌ててそれを支える。

「どうした？」

「具合悪いみたいだから……寝かせてやってくれます？」

　真希が口を開くと、羽住は呆れたように三月と真希を見比べた。

「最近、誰かを保健室に連れてくるのに凝《こ》ってるのかい？」

　と言う。

「同じ寮のコに生徒会長……次は誰だろうね？」

　羽住は、冗談とも本気とも判断しかねるような調子で呟きながら、三月の熱や体の調子を計っていた。

「別にあたしのせいでこうなったわけじゃないです！」

　真希は少し心外そうに羽住から顔を背《そむ》けた。羽住は、三月の体を検分しながら、

「熱はなさそうだけど……貧血かな。今まで貧血で倒れた事あるかい？」

　と、尋ねてきた。三月は首を振る。別段病弱なわけでもないし、特に大きな持病もない。時折、頭が痛むくらいだ。羽住は、腕を組みながら、「うーん」と唸《うな》った。

「こないだのコと同じような感じだな……何だろう。精神的なものかもな」

あれこれ思案を巡《めぐ》らしているらしい羽住をよそに、三月は立ち上がると、

「あの……もう、大丈夫ですから」

そう伝えた。実際、もう頭痛や眩暈《めまい》は治まっていた。多少足下はふらついたが、歩けない程ではない。これ以上、あれこれ検査なぞされるのはごめんだった。正直に伝えれば、まず正気かどうか疑われるに決まっている。白昼夢のように浮かぶ、人の顔や声や風景や、そんな存在について語る事ができるはずはない。

「ちょっと、渋谷！」

保健室を去ろうとする三月の腕を、真希が掴む。

「ちゃんと調べてもらいなよ！　絶対おかしいって！」

その言葉に、三月は真希を振り返ると、真希に詰め寄った。

「俺《おれ》のどこがおかしいって？　イカレてるってのか？　冗談じゃねェ……俺ァまともさ。これ以上ないくらいにフツウだよ！」

目の前にいる真希が憎らしかった。真希が、三月にちょっかいを出してきてから、自分は確かにおかしくなり始めている。だが、それを認めたくはなかった。認めれば、これまで自分が築き上げてきたいろいろな物が、全て無に帰してしまうような気がして。

「渋谷ィ……そんな、ヤケにならないでよ……」

羽住は、その様子を気まずそうな表情を浮かべつつも傍観《ぼうかん》している。生徒同士の関係に、口を挟むべきかどうか、迷っているようだった。この状態で、第三者に口を挟まれるのは正直好ましくない。三月は真希の手を払い除けると、扉の方に歩いて行った。

その時、保健室の扉がコツコツと音を立てた。ノックの音。

「失礼、します……」

遠慮《えんりょ》がちにそう言いながら保健室に入ってきたのは、三月がいつしか微笑んでみせたあの、普通科の女生徒だった。

「あッ」

三月を見るなり、女生徒は声を上げた。扉の前で立ち止まって、気まずそうに俯《うつむ》いてしまう。それからその場で何か迷っているような素振りを見せた後、そのまま後ずさり、保健室から駆け出して行った。

「待って……！」

思わず呼び止めようとした三月の声を聞かず、女生徒は駆けて行ってしまった。

「今、誰か来た？」

真希が三月に歩み寄りながら不思議そうに呟く。三月はその言葉に返事もせず、ただただ呆然《ぼうぜん》と扉の前に立ち尽くしていた。

自分の胸が突然高鳴り始めたのを感じながら。

——どうしよう。

保健室から離れながら、七日はただひたすらその事ばかりを考えていた。

——本当にこれは恋？

自問する。七日は、真希の言葉を思い出していた。恋とはどんなものか、と尋ねた時。

『側にいるだけで、ドキドキするの。胸が苦しくてさ……それ以上近付いたら、相手に心臓の音が聞こえちゃうんじゃないかって不安でさ。でも近付きたい、やっぱり駄目！みたいな感じかな』

七日は立ち止まり、自分の胸に手を当て——本当は当てるまでもなかったけれど、念のために——確認した。

ドキドキしている。

——ドキドキしてる！

保健室から走り去ったためではない。自分でも分かる。何故ならその前からもう、ずっと七日の心臓は早鐘《はやがね》のように打っていたから。

自分の行動を振り返ってみる。

＊

保健室に行った。羽住にこの間のお礼を言おうと思って、なんとなく。そこに三月がいた。三月が目の前に立っていた。ドキドキした。とても。激しく。それ以上彼に近付いたら、きっとこのドキドキが聞こえてしまうと、思った。だから、逃げ出した。

――でも、近付きたかった。

あと少しだけでいい。あと少しだけ、三月を近くに感じていたかった気もする。けれどその勇気は七日にはなかった。

――どうしよう。

七日は思った。

やっぱり自分は三月に恋をしている。真希の言葉が正しいのなら、これは絶対に恋だ。七日が逃げ出した時、背後からかかった声。あれは三月の声だったのだろうか。七日はその声を頭の中で何度も思い起こした。

初めて聞く、三月の声。低過ぎない、少し乾いた声。どこかで聞いた事があるような、懐《なつ》かしい声。優しい声。

素敵な歌を聞いた時のように、その声が七日の耳を抜け、頭の中で何度も響いた。たった一言だったけれど、その声が、頭の中に張り付いて離れない。

心臓が先程よりもさらに忙しく脈打つのが分かった。ゆっくりと息を吸っては吐《は》き、吸っては吐きしてみたが、やっぱり、どうしても、治まらない。

――恋をしてる。

七日は確信した。自分は確かに、あの少年に恋をしている。まともに会話もした事がない、触れ合った事もない、何の接点もない、渋谷三月に。

そう考えると急に恥ずかしくなり、七日は自分の顔が紅潮《こうちょう》していくのを感じた。

「どうしよう……」

真希も、三月の事が好きなのに。

七日はもう一度、自分の胸に手を当ててみた。

——まだ、ドキドキしてる。


翌朝、七日は最悪の気分で目を覚ました。と言うより、ほとんど一睡《いっすい》もできなかった。三月の事ばかりを、考えていたのだ。

考えまい、忘れよう、そう思っても目を閉じれば三月の顔が瞼《まぶた》の裏に浮かび上がり、七日に向かって叫ぶのだ。

「待って……！」

乾いた声。優しい声。いつまで経ってもそれが耳に付いて離れなくて。

けれど寮長の仕事を放っておくわけにはいかない。溜《た》め息《いき》混じりに朝食を取っていると、遅れてやってきた真希が七日と向かい合うように座った。

「体調はどう？」

開口一番にそう問われる。

「昨日、保健室に来たでしょ？　でも何か、様子がおかしかったみたいだから」

七日はちょうどご飯を口に入れたばかりのところだった。返事するために咀嚼《そしやく》もままならないまま半《なか》ば無理矢理ご飯を飲み込んで、

「うん、平気。アリガト」

とだけ答えた。いつもなら、その後何か会話をしようと思うのだが、さすがにそんな気分にはなれない。真希に対しての罪悪感が沸《わ》き起こってきて、視線を合わす事さえためらわれた。

真希はそんな七日に気付いているのかいないのか、眠そうにあくびをしながら味噌汁《みそしる》を箸《はし》で掻き回している。

真希に全て話した方が良いのだろうか。

一瞬、そんな考えが頭をよぎったけれど、七日はすぐに頭を振ってそれを打ち消した。そんな事、できるはずもない。

そもそも、自分は人の事など好きになってはいけないのだ。そう思う。

結局、真希とはろくに会話も交わさなかった。真希は真希で、朝は比較的元気のない人間なので、七日の口数が少ない事にまで特に考えを巡らせている様子もなかった。

皆が食堂を出たのを確認して、席を立つ。いつものように寮内の戸締《とじま》りなどを確認して回って、部屋を出た。学校に行きたい気分ではなかったが、かと言って休んだところで他に行き場があるわけでもない。

憂鬱な気分のまま、寮を出る。

足取りが、重かった。遅刻しそうなのに。一限目は国語の授業。また、詩や何かを朗《ろう》読《どく》させられるのだろうか。

「やまのあなたのそらとおく」

ふと、以前読まされた詩を呟いてみた。その詩だけは、何故かよく憶えている。

「やまのあなたのそらとおく、さいわいすむとひとのいう」

さいわい。幸い。幸せ。

幸せは、山の彼方のそのまた向こうの、遠い遠い場所にしかなくて、だからきっと自分には手に入らない。父が死んだあの日から、きっと自分は幸せからとてもとても遠い所にいる。それはきっと、自分に与えられた罰《ばつ》なのだ。

きっと、そう。

「やまのあなたのそらとおく」

もう一度、声に出してみた。

「やまのあなたのそらとおく」

人の視線は気にならない。

遠い、遠い。やまのあなたのそらとおく。幸せはそこにしかない。幸せは自分の近くには存在していない。寂しい。悲しい。

「やまのあなたのそらとおく」

さらに七日がその言葉を口にした時、横に人の気配を感じた。

「おはよう」

声をかけられる。優しい声。聞いた事がある声。一度しか聞く機会はなかったけれど、何故か顔を見なくても、分かった。

「……おはよ」

七日は振り向いて会釈《えしやく》してみせた。

目の前に立っているのは、三月。渋谷、三月。

「今さ、なんか、歌ってた？」

遅刻ギリギリのため走ってきたらしい三月は、少し息を弾《はず》ませながら言った。

「え？」

突然の質問に、七日は戸惑いを隠せなかった。

「何か、詩みたいなの、言ってなかった？」

「あ、うん……こないだ、授業で習ったけェ……」

「それさ、続き、分かるかな？」

何故そんな事を聞くのかは分からなかったけれど、とりあえず七日は答える。

「幸い住むと、人の言う……じゃと思うけど」

「サイワイ……幸せ、って事か……」

納得したように呟いて、三月は少し不思議そうに、遠い空を見上げた。

「そっか、幸せがあンのか……」

と、小声で呟く。何だか少し嬉しそうに。三月は微笑みながら七日を振り返る。

「気になってたんだ。この間からさ」

「そ、そう……」

七日は、やはり、ドキドキしていた。怖《こわ》いくらいに。これ以上、三月との距離が近くなったら、きっと倒れてしまうと、思った。

やっぱり自分は、三月に恋をしている。

唐突《とうとつ》だけれど、どうしようもないくらい。

「山の彼方の、空遠く」

三月が言った。

「幸い住むと、人の言う、か……」

三月の声が頭の中をぐるぐると回っている。同時に、時折起こる発作と同じ症状が現

れた。白昼夢のような、あの感覚。真っ白になる視界。そこにうっすらと浮かぶ風景や人の顔。或いはその奥に感じる、誰かの気持ち。

頭が痛かった。足がふらついた。体勢を崩《くず》した。

「おい？」

三月が驚いたように七日に近付いてくる。七日の体を支えようと、三月の手が七日の方に伸びた。

——駄目！

心の中で叫ぶ。それ以上近付いたら、きっと自分はどうにかなってしまうに違いないから。けれど遅かった。三月の手が、乾いた掌《てのひら》が、七日の腕を掴んだ。

体に、電気が走ったような気がした。頭に何かが流れ込んでくるような感覚。

自分ではない誰かの、心の叫びが聞こえる。

自分と同じように、居心地の悪さを感じて、今の自分に疑問や不満があって、けれどどうしようもなくて、もがいている人。叫んで、足掻《あが》いて、苦しんでいる。その叫び。

三月が転びそうになった七日を支えてくれる。七日は三月に向かって微笑んでいた。

——ああ、これは、この人の記憶だ。

何故だかそんな事を思う。

気が付いたら、涙があふれていて、その瞬間、七日は気を失っていた。

五章　ぼくにもわかった

世の中には理解できない事がたくさんある事を、三月《さんがつ》は知っている。

例えば前世の記憶を持って生まれた子供の存在や、例えば亡くなった祖父が夢枕に立ち、その言に従って旅行を止《よ》したら乗る予定だった列車が事故を起こしたとか、例えば地震前に海に行列して飛び込むタビネズミの群れの話。

本で読んだり、授業の合間に行われる教師の雑談で覚えた知識。

ＵＦＯもＵＭＡも信じていないが、けれど、三月は知っている。

世の中には時折、理解を超えた出来事というものが起こり得るという事を。

それを踏まえた上で、三月は考えた。

――これは何だ？

今目の前にいる女。突然倒れた女。倒れたから助けようと思った。体に触れた。その時、何かが見えた。

その「何か」について。

今まで三月が、発作《ほっさ》の中で見てきた、景色。白昼夢の中身。自分が自分でなくなってしまうような感覚の中で、見続けてきたもの。突然頭に侵入《しんにゅう》してくる何者かの記憶。それは自分の鬱屈《うっくつ》した感情が生み出す妄想《もうそう》だと思っていたけれど。

違っていた。それは確かに存在していた誰《だれ》かの記憶。

今目の前にいる女の、彼女の記憶だと、三月はあの瞬間に感じた。

何故《なぜ》そんな事が起こるのかは分からない。けれど奇妙なほどの確信があった。例えば火に触ったら熱いというくらい、例えば太陽は眩《まぶ》しいというくらい、例えばスパゲティボロネーゼがおいしいという事くらい、それは三月にとって当たり前の事に思えた。

——自分はこの女と何か関わりを持っている。

前世からの因縁《いんねん》か、赤い糸で結ばれた運命の相手か、それは分からない。

どうしてこんなにも、世の中には分からない事が多いのだろう。

「どうした？　もう授業行ってもいいぞ」

ベッドで寝ている彼女を見つめている三月に、羽住《はずみ》は怪訝《けげん》そうな眼差《まなざ》しを向けてきた。

「いや、なんか、気になるんで……」

三月が言うと、羽住は苦笑する。

「恋をしたかい？」

「こ……！」

思わず声が詰《つ》まる。

「恋なんて……そんな……」

けれどひょっとしたら、これは恋なのかもしれないと、三月は思う。自分は出会うべくして彼女と出会ったのではないのか。考えてみればあの時。普通科の校舎から手を振る彼女を見付けた時から、三月はずっと彼女の事を気にしてばかりいる。会ってもいない、話した事もなかった彼女を。だから、今日も彼女に近付いたのだ。

そして彼女は、何か言葉を呟《つぶや》いていた。最近、ふと思い出して気に止めていた言葉を。

やまのあなたのそらとおく。

偶然かもしれない。けれどそう思うには、腑《ふ》に落ちない部分が多すぎる。

離れたくなかった。なんとなく。なんとなく。

「おや、名前もお似合いだな……三月と七日《なのか》か。卒業式だ」

「七日？」

茶化すように言った羽住の言葉に、三月は尋《たず》ねた。

「そのコの名前だよ。宮島《みやじま》七日。七日と書いてナノカ。君がサンガツだからな。二人合わせて卒業式の日取りってわけさ」

きっと羽住は、冗談のつもりでそう言ったのに違いない。けれど三月には、そんな二人の名前の取り合わせさえ、何かの運命のように思えた。

出会う事が宿命づけられたような名前。ロミオとジュリエットよりも、トリスタンとイゾルデよりもボニーとクライドよりも、それはずっと運命的な響きのように思えた。

「さ、君がこのコにゾッコンなのは分かったから早く授業に行きな！　このコには君のおかげで一命を取りとめたって言っとくよ。それでいいだろう？」

羽住に追い出されるようにして、三月は保健室を後にした。教室までの僅《わず》かな距離を歩く。その間、三月はただ彼女——宮島七日の事ばかり考えていた。

昨日まで考えていた、偽《いつわ》りの自分への怒りや自分に流れる血への憎しみはすっかり忘れてしまっていた。

——これは、恋だろうか。

授業中もそんな事ばかり考えていて、たまたま当てられた英語の授業では、教師の問いに答えられずに周囲の失笑を買った。いつもならそんな自分を愚《おろ》か者と罵《ののし》っただろう。けれどただただ三月は、七日の顔ばかりを思い浮かべていた。他の事などどうでも良かった。

「何かエロい事でも考えてたんじゃないの？」

からかうように顔を覗《のぞ》き込んでくる真希《まき》の事も、ちっとも気にならない。

「……何でもねェよ」

答えながら溜《た》め息《いき》を吐《つ》くだけだ。

「……何でもねェ？」

真希が言葉を繰《く》り返したのを聞いて、三月はふと我に返った。

「今、俺《おれ》、何て言った？」

「『何でもねェ』……って言ったし、今も自分の事、『俺』って言った」

呆《あき》れた様子の真希に指摘される。真希と二人きりの時でなければ、言葉遣《づか》いを乱したりした事はないのだ。それがたとえ授業中に交わす小声の密談だったとしても。

「あ、いや……僕《ぼく》」

「今さら言い直しても遅いし」

「ごめん」

「謝られても困るし」

二人のやり取りに気が付いた教師が厳しい視線を向けてきたのに気付いて、真希は軽く教師に会釈《えしゃく》をしそれをやり過ごした。それから自分のノートに性格にはあまり似つかわしくない丸文字で、

「何かあった？」

と、書き込む。無視しようかとも思ったが、真希がしつこくノートを突き付けてくるので、三月も自分のノートに答えを書いた。

「何でもない」

すぐさま真希が大きく。

「ウソ」

迷った末、三月はシャーペンを走らせた。

「迷ってる」

「何に？」

「恋」

と書いて、意外といい字だなと、思った。浮かれていて馬鹿《ばか》げたものだと思っていたのだけれど。

「恋してるの？」

そう書いた真希の表情は、少し深刻そうな様子になっていた。

「かもしれない」

「誰に？」

真希の問い。三月は答えを書かなかった。続けて真希がもう一度、書く。

「あたしじゃない人？」

文字ではなく、頷《うなず》いて答えにすると、真希はひどく衝撃《しょうげき》を受けたような顔をし、それ以上筆談は続かなかった。

授業が終わる。昼休み。

いつもなら真っ先に食堂に行くはずの真希は、じっと自分の席に座り、筆談の名残《なごり》であるノートを俯《うつむ》いて見つめていた。売店に行ってパンを買いに行く者、食堂に行く者、弁当を持参してきて外で食べる者、皆が教室を出て行く。

「飯、食わねェのかよ」

自分と真希以外誰もいなくなったのを確認してから、三月は言った。真希はその問いには答えず、

「ダレ？」

と呟《つぶや》いた。

「相手、誰？」

「……何でそんな事、お前《め》ェに教えなきゃいけねェんだよ」

わざわざ話す事ではないと思い、そう言ってすませると突然、真希が立ち上がる。

半分開けていた窓の縁にもたれていた三月は、驚いて後ろに仰《の》け反《ぞ》り、思わず落ちてしまいそうな恐怖を覚えた。

「な、何だよ」

「あたしはさ、あんたの事が好きなの。あたしには知る権利があると思わない？」

ふざけている様子ではなかった。キスをして以来、真希とまともに向き合って話すの

は初めてで、あの時の真希の言動はただの気まぐれだと、思っていたのに。

「本気かよ……」

「本気！」

真希は叫んで、三月の胸元を掴《つか》み上げた。そのまま体を引き寄せられる。

唇《くちびる》が重なった。真希の唇。冷たくて、少しだけミントの匂《にお》いがした。

「本気なんだから！」

唇を離した後、真希はもう一度叫んだ。目には涙がたまっていた。

「生まれて初めて……本気で男の事好きになったんだからッ！」

言いながら、真希がノートを三月に投げ付けてくる。三月は、避《よ》けなかった。肩に当たったノートが、そのまま床に落ちた。

「俺にもよく分かンねェんだよ……何か、変なんだよ。だけど気が付いたら今朝からそのコの事ばっかり考えてる」

独《ひと》り言《ごと》のように三月がそう口に出すと、真希は涙を制服の袖《そで》で拭《ふ》きながら鼻をすすり、

「それ……誰なの？」

と言った。一瞬、三月は言葉に詰まった。その名前をはっきりと口にする事にためらいを感じた。けれど答えなくてはいけないような気もした。

「普通科の、一年生」

「名前は？」

「宮島——ナノカ」

その言葉に、真希は目を見開いた。

「……ウソ」

呟いて、もう一度、言い聞かせるように、

「嘘《うそ》！」

と叫んだ。

「嘘じゃねェよ……こんな時に嘘ついて何になンだよ……」

「そんな……そんなのってアリ……なによ、それ……」

真希は、言いながらゆっくりと後ずさった。まるで恐《おそ》ろしい物でも見たように。

「絶対認めない、そんなの……絶対認めないからッ！」

そう叫んで、真希は教室から駆け出して行った。

教室に一人残された三月は、開けた窓から地面を見下ろしていた。

「……何だッてんだ」

自分は一体何をやっているのだろう。昨日まではたくさんの事に悩み、苦しんでいたはずが。偽りの自分と、本当の自分との間で揺《ゆ》れ動いていたはずが、今は恋の悩みを抱えている。

女を一人、泣かせた。

「女を泣かせてるうちは、イイ男とは言えないよ」

それは確か、和泉《いずみ》の言葉。

「やっぱ、イイ男にはなれねェんだなァ……」

けれど今の自分は限りなく本当の自分で、それだけはただ、誇《ほこ》らしく思っていた。もう偽るのは止めようと、思う。優等生じゃなくてもいい。自分なりに、生きていこう。

決断すると、空が澄《す》んでいくような気がした。遠くの方に山の緑が見える。

「山の彼方《あなた》の空遠く、幸い住むと人の言う、か……」

そこに幸せがあるのが真実ならば、そこまで必死で歩いていこう。

たとえどんなに遠くても。

教室を出て、三月はゆっくりとその場所に向かって歩き出した。

気が付けば歌を口ずさんでいる。グリーン・グリーン。大嫌いだったのは、「パパ」が出てくるから。自分には「パパ」はいない。「パパ」がいると知ってからも、嫌いだった。自分の「パパ」は、最低の糞野郎《くそ》だと、思っていたから。

けれどそんな事、もうどうでも良くなった。自分は、自分。ただそれだけの話だから。

今はただ、歌を歌う。

る様子だった。

＊

夢を見ていた。

場所は屋上。七日は父と並んで座っている。父はとても嬉《うれ》しそうで、誰かを待ってい
る様子だった。

「ナノカ」

父が言った。

「もうすぐ、ええもんが来るけェな」

「ええもんって、何ン？」

「来たら、分かる」

七日は待った。父の言う「いいもの」が、一体どこからやって来るのか、ドキドキしながら待っていた。けれどなかなかやって来ない。いつまで経《た》っても、いつまで経っても、何もやっては来なかった。

「——お父さん？」

気が付けば隣《となり》に父の姿はなく、代わりにいたのは渋谷《しぶたに》三月だった。三月は何も言わず、ただ七日の肩を抱き寄せた。

「お父さんは？」

七日が問うと、三月は面白くなさそうに、

「知らねェ」

と言った。他に会話はなかった。後はただ、二人で日の暮れる様子を眺《なが》めていた。目が覚めるまでずっと、長い間。とても幸せだと思いながら。

そこが保健室のベッドの上だと気が付くのに、少し時間がかかった。頭がぼんやりする。体がだるい。汗をかいているのに気が付いて、体にかかっている毛布をはずした。

何故ここにいるんだろうと考えてみて、朝、三月に出会った事を思い出した。あの時、転びそうになったのは憶《おぼ》えている。それから――

「目が覚めたみたいだね」

保健教諭《きょうゆ》の羽住が七日の顔を覗き込んでくる。

「センセイ……うち、どうしてここに来たン？」

横になったままでそう尋ねると、羽住は七日の額に手を当て熱があるかどうかを確かめながら、

「憶えてないのかい？」

と深刻そうな表情で言った。

「君が突然倒れたって、生徒会長が運んできたんだよ」

「生徒会長……三月クン？」

羽住は頷くと、困ったように腕を組んだ。

「しかしこうも毎回原因不明で倒れて来られると、私も困るな」

「……すみません」

「いや、謝る事ではないんだけど。とにかく、一回大きい病院できちんと検査してもらった方がいいよ。ここで分かる事なんて、たかが知れてるからな」

病院、と言われて、七日はひどく嫌《いや》な気持ちになった。昔から、病院は嫌いだ。注射は特に。検査なんてしたら、きっと注射されて血を抜かれたりするに決まっている。それに、そこまでするほどの事はないように思えた。

「大丈夫です……大した事じゃ、ないけェ」

「大丈夫って言われてもなあ」

「でも、大丈夫です。何か、分かるんです。自分の体じゃもん」

七日のその言葉を受けて羽住が何か言おうとした時に、ノックの音がした。続いて、扉の開く音。

「失礼します」

男子生徒の声。カーテン越しでも分かる。三月だ。三月はまっすぐ、ベッドの方へとやってきた。

「おやどうした、優等生？　今、君の話をしてたところだけど」

そんな羽住の言葉など全く気にかけない様子で、三月は平然と、

「そのコを迎えに来たんです」

と言い、七日の側までやって来た。羽住は驚いたらしく、ずれ落ちそうになっている眼鏡《めがね》もそのままに三月を見ている。

「大丈夫かい」

三月が、声をかけてくれる。

「あ……うん」

緊張して、あまりうまく声が出せなかった。

「話が、あるんだ。だから、迎えに来た」

三月は言った。とても、真面目《まじめ》な顔で。

「話って？」

「ここじゃ、ちょっと言いにくいな」

羽住を見てそんな事を言う。なんだか今までの様子と、どこか違っていた。

「じゃったら……どっか、行くけど」

七日が口を開けている羽住に、

「センセイ、うち、もう行ってもイイですか？」

と問うと、羽住はようやく我に返ったらしく、

「え？　ああ、いいよ。ただ、できたら近いうちに大きな病院に行って検査してもらうんだよ。心配だし、何かあってからじゃ遅い」

と、何だかうわ言のように答えた。それほど三月の行動は意外な物だったのだろう。

「行こう」

三月が、七日の手を引いた。

ドキドキした。また、倒れてしまうんじゃないかと、思った。

三月が選んだ場所は、屋上だった。普通科校舎。七日のお気に入りの場所。七日が特に何か言ったわけでもない。三月はまるで最初から決めていたように、その場所へと七日の手を引いて歩いたのだった。途中、何人かの生徒にその様を見られたが、三月はまるで気にしていない様子だった。

「ここなら、誰も来ないからさ――」

屋上に辿《たど》り着くなり、三月は七日の方を振り向いた。

「ゆっくり、話できるだろ？」

ひどく緊張しているらしいのが、七日にも分かった。繋《つな》いだ二人の手は汗で湿っている。その繋がりから、三月の鼓動《こどう》の激しさが伝わってくるような、自分の鼓動の激しさが三月に伝わってしまうような、そんな気がした。

「……話って？」

七日が尋ねると、三月はやりにくそうに七日から目をそらせて頭を掻《か》いた。

「何の話って言われても、困ンだけど……結論から言うと、さ……俺、どうも……何て言うのかな……その、悪ィ。うまく言えねェや……もうちょっと待ってくれる？」

そんな三月の様子がおかしくて、七日は笑った。三月が心外そうな面持ちで七日を見やる。

「わ、笑うなよ……」

「だって、話に聞いてたンと同じなんじゃもん」

「……話？　誰に？」

三月は片眉《かたまゆ》を吊《つ》り上げた。

「真希から、いろいろ。同じ寮《りょう》なン。普段は真面目《まじめ》ぶっとって、でも本当は結構悪い奴《やつ》で、口も悪くて、なんか不器用で……放っとけんような感じ」

七日が真希から聞いていた三月像をあれこれ並べたてると、三月は参ったというように手で顔を押さえた。

「藤井《ふじい》の奴……」

「真希はね、ほんまに三月クンが好きなンよ。じゃけェ、すごくよく見とる」

三月は少し気まずそうに、

泣きやがった」

「俺、君が……宮島さんの事が好きかもしれねェって、あいつに言ったんだ。そしたら

「え？」

と呟いた。

「今日、泣かれたよ」

あの真希が泣いたという事実も驚きではあったが、何より三月の言った「好き」という言葉が、七日をひどく動揺《どうよう》させた。まさかそんな事を言われるとは思ってもいなかったのだ。唖然《あぜん》とする七日を前に、三月は喋《しゃべ》り続ける。

「自分でも、おかしいと思ってる。ろくに会った事も話をした事もねェのにこんな感じになるなんて……でも、何か、感じるんだ。君は俺にとって、特別な人だって」

三月はそれだけ一気に口に出してしまうと、大きく息を吐《は》いた。

「ごめん……いきなりこんな話して。迷惑、だったかな？」

「そんな事ないよ！」

思わず叫んでしまう。

「そんな事ないよ……うちだってキミの事……」

そこまで言って、七日は口をつぐんだ。それ以上は、言ってはいけない。そんな事を言う権利は、自分にはないはずだ。自分は汚れている。キレイじゃない。三月には、ふ

さわしくない。

真希に嫌われるケイベツされるそれはイヤだ。

一瞬で、無数の思考が交錯《こうさく》した。

「何？　途中で、やめないでくれよ……気になるからさ」

「なんでも、ないよ……」

「何でもないって……そんな事ないだろ」

言いながら三月が七日に近付いてくる。

駄目だ。近付かれたら、もう駄目だ。

だが、そう思っても足が動かない。

近付いてくる。足。体。顔。目。

手が、肩に触れた。いけない。

肩から伝わる、三月の体温。

力が込められる三月の指。

息が荒くなり、思わず、

「……あッ」

そんな声が漏《も》れた。

ピリピリと電気が体中を駆け抜けていくような感覚。視界がぼやける。三月の顔と自分の顔が、何故だかダブって見える。意識が朦朧《もうろう》として倒れそうになる。三月がそれを支える。三月もまた、どこか苦しそうに見える。

「……何だろうな、これ」

三月は言った。苦しそうに。切なそうに。

「——好きになるって、こういう事なのかな」

自分が感じているような不思議な感覚を、三月も感じている。七日はそう思った。理由もなく、確信的に、そう思った。だから、頷いていた。もう迷うのはやめよう。迷い続けて自分を否定し続けて、それで何かが変わるわけでもないから、

「うち——」

大きく息を吸いこんで、

「うちも、三月クンの事……好き」

告白した。生まれて、初めて。

「ありがとう」

恥《は》ずかしそうに言いながら、三月は微笑《ほほえ》んで七日の頬《ほお》に触れた。遠くから見ていた限りでは、まるで女のような指だと思っていたけれど、間近で見るとそれは確かに男の、骨の太い無骨な指だった。

「初めて……他人の事、好きだって思えたんだ。今まで恋なんて馬鹿にしてたけど、で

も、今なら分かるよ。何か、すごく……切なくて、でも悪い気分じゃないんだ」

言いながら、三月は危《あや》ういガラス細工に触れるように七日の頬を撫《な》でる。

昔そうやって、父も七日の頬に触れた。

七日が悲しくて泣いていた時も、嬉《うれ》しくて笑っていた時も、父は七日の頬に触れた。

何も言わずに、ただ指だけが七日の顔に触れて。

それはとても温かくて、優しかった。

「……お父さんみたい」

七日が何気なくそうこぼすと、三月の体が一瞬硬直《こうちょく》したのが分かった。

「……お父さん？」

「うん」

「あんまし、喜べねェな……」

「えッ？」

七日が声を上げると、三月はだるそうに首を振る。

「いや……こっちの話。何でもない。ごめん」

急に具合の悪そうな顔をした三月が気になって、七日は顔を覗き込んだ。

「何か、悪い事、言った？」

尋ねてみても、三月は何かはっきりと答えを口にするわけではなく、ただ、

「そういうわけじゃ、ないんだ」

と言う。気にはなったが、それ以上深く追及する事は失礼な気がしたし、何より三月に不快に思われる事を怖れて、七日は口を閉じた。

だがやがて、三月は自分から、

「父親がさ――」

と、口を開いた。

それは三月の父親の話で、三月は自分の中に流れている父親の血を、ひどく憎んでいるのだと言った。どうしても、どうしても許せないのだと言った。父を待ち続ける母がどれだけ苦しいか、それを想像するとたまらないのだと言った。だから父のように人を傷付けたくないのだと言った。

「どうしようもねェんだ……母親が何を言おうと、誰かにガキだって笑われようと、俺は父親と自分を憎まずにはいられない。たぶん……一生」

三月の言葉の一つ一つが、まるで金属板に字を刻むみたいに、キリキリと高い音を立てながら七日の心に食い込んだ。他人事とは思えないくらいに、それは切実で、悲しい問題のように思われた。

「寂《さび》しいね……それって」

思わず呟く。

「……うん」

三月が空を仰《あお》ぐと、少し湿った風が七日の三つ編みを揺《ゆ》らした。

＊

学校を休んだ。

二度目。

これまで無遅刻無欠席を通していただけに、最近の三月の様子はいよいよ教師連中にも怪《あや》しく見えたらしい。担任教師の伊崎《いさき》が電話をかけてくる始末。病状や体調などをあれこれ聞いた後で、

「何かあったのか？　そうだったら相談に乗るぞ？」

などと言われた。

「いや、別に……ただの風邪《かぜ》ですから」

「そうか？　いや、どうも最近元気がないような気がしたんでな……うん」

本当は心配なんぞしてはいないくせに、さも良い教師のような顔をしやがって、と三月は下唇を噛《か》んだ。

——てめェなんぞに俺の崇高《すうこう》な悩みが分かってたまるかよ！

叫びたい。言ってやりたい。どんな顔をするだろう。電話越しでは見えないから、そ

れはつまらないな、と思う。いつか面と向かって言ってやる。そんな事を考えながら、三月は受話器を置いた。

家にいてもする事はない。

読みかけだった本は教室に置きっぱなしにしてしまっていた。

制服姿のままベッドの上でごろごろしながら、ぼんやりと宮島七日の事を考える。屋上で思いを伝えた昨日の事を思い出す。七日は自分の事を好きと言ってくれた。それが、嬉しい。

あのまま抱き締《し》めて、キスをしてしまえば良かった。あの細い体を、折れるくらい抱き締めてしまえば良かった。そんな事を思い、少し悶々《もんもん》とした。

気を晴らすために勉強でもしようかと思い、体を起こして机の上のノートを手に取る。パラパラとめくっていると、ノートの隅に走り書きのようなものがあるのを発見して、三月は手を止めた。そこには、

「好き」

とあった。薄く、震えるような女の字。三月はそんな事書いた記憶もない。

どこかで見覚えのある字だと思いを巡らしているうちに、それが真希の字だと気が付いて、三月はなんだか後ろめたいような気持ちを感じた。

昨日、屋上で七日と別れた後、授業に遅れて出席した。真希はずっと黙《だま》っていた。い

つもなら鼻歌混じりにマニキュアを塗《ぬ》り直したりしている世界史の授業中も、真面目にノートさえ取っていた。不思議な事もあるものだと、思っていたけれど。

「好き、か……」

呟いてみる。それでようやく、真希が本気なのだと、信じる事ができた。

ふと唇に触れる。真希の唇の感触は、もう残っていない。

真希にはきちんと伝えなければいけないと、思った。

自分の気持ち。

七日が好きだという事。

何故そんなに好きなのか、分からない。何故そんなに惹《ひ》かれたのか分からない。けれど三月と七日は実際にふとした偶然から出会って、惹かれ合って、好きだとお互いに伝え合って、そして、今。

「三月と、ナノカ……」

二人の名前を組み合わせると卒業式の日になる事を知って、三月は何かそれが運命の日であるような、そんな気がした。

そう思うと、億劫《おっくう》だった卒業式がなんだか待ち遠しく思えた。

送辞《そうじ》を考えなくてはいけないのは面倒に違いなかったが、まあそれらしい文句くらいいくらでも湧《わ》いてくる。このままソツなく日常をこなしていれば問題はない。

やろうとしていた勉強は結局手につかず、三月は再びベッドに転がり天井《てんじょう》を見つめた。

「ナノカ……」

声に出してみる。

「ナノカ」

名前を口にしただけで、愛《いと》しいのは何故だろう。理由は分からないまま、ただただ思いを募《つの》らせる。悪くない、気分だった。

昼過ぎて、小腹が空いたのでスパゲティを茹《ゆ》でた。レトルトのソースをかけて食べる。レトルト食品はあまり好きではないのだが、かと言って自分で作れるわけではないし学校を休んでいる身で買い物に行くのは気が引けた。あり得ないとは思うがうっかり補導などされては学校中の笑いものだ。

食事をしながら、弥生《やよい》の部屋に何冊か本が置いてあるのを思い出した。読みたいと思っていた物もあったはずだ。一冊持ってこようと思い席を立つ。

弥生の部屋は、煙草《たばこ》の匂《にお》いがした。

カーテンで閉め切られた薄暗い部屋。散らかったパジャマや洋服類を踏まないように気を付けながらベッドの側の本棚まで歩を進める。読みたい本はどれだったかと探し、適当な本を手に取っては開いているうちに、三月は本の隙間《すきま》に写真が挟《はさ》み込んであるのに気付いた。

まだ若い――おそらくは十代の頃の――弥生の笑顔。そしてその隣にいる、少し顔色の悪い、背の高い男。笑うのが苦手なのか、固い表情で写真に映《うつ》っている。

「糞《くそ》ッ……」

舌打ちして、写真を放り投げた。

どこまでも付きまとわれているような不快感。三月の行動の先を先を読んでいるかのように、いつもそれは三月を待ち構えていて、不意に目の前に現れる。

父親の影。

ふとした瞬間に気付かされる事実。

自分はこの男の息子だと、思い知らされる。

詐欺師《さぎし》の息子。弥生を、母を騙《だま》した男の息子。自分はそういう存在なのだと。

弥生は言った。

「お前の父親だから信じるんだよ」

けれど弥生がなんと言おうと、三月にとって、父親は屑《くず》であり、自分もまた屑の息子に過ぎない。弥生の息子である事は三月にとって誇《ほこ》りだった。最近、とみにそれを感じた。しかしそれは、同時に重荷でもあった。

「くそったれ……」

放り投げた写真を拾い上げる。

破り捨てようかと思った瞬間、玄関の方で人の気配がした。弥生が帰って来たのだと気が付いて、三月は慌《あわ》てて写真をポケットにしまうと、弥生の部屋を後にした。

咥《くわ》え煙草の弥生は、三月を見るなり微笑んで、

「サボリ？」

と嬉しそうに尋ねてきた。

「そうだけど」

「そう。先生にはちゃんと言った？」

「言ったよ。風邪だって」

「うん。それならいいわ。そういう事さえしっかりしとけば何したって、ね」

「仕事は？」

三月が尋ねると、弥生は機嫌良さそうに煙《けむり》を吐き出して、

「今日は半ドン」

と言った。いつも遅くまであちこちを飛び回っている弥生にしては珍《めずら》しい。

「ふぅん」

「たまには休めって、みんなが言うからね。社長思いの良い社員を持って幸せ」

機嫌が良いのはどうやらそのせいらしい。

「ところでサンガツ、あんた人の部屋で何やってたわけ？」

指摘されて、少し慌てた。ポケットの中に写真が入っているのが、まさかバレやしないだろうかと思いながら、

「暇《ひま》だったから……なんか面白い本ないかなと、思って」

と答える。弥生は特にそれ以上追及してくる事もなく、

「そう？　どうせだったらついでに掃除《そうじ》もしといてくれない？」

と、笑った。人の事にはあれこれ気を揉《も》むくせに、自分の事に関してはやたらとだらしない。まあ、そんな性格だからこそ部下にも好かれるのかもしれない。

「分かった。掃除しとくよ」

三月が言うと、弥生は目を丸くしながら煙草を揉み消した。

「ホントに？　言ってみるもんだわね」

「冗談だったわけ？」

「ううん。じゃあ、お願いね」

どうもこのヒトには勝てないと、いつも思う。

しばらくしてから、弥生は買い物に行ってくると言って出かけてしまった。

三月は散らかった弥生の部屋をぼんやりと片付けていた。脱ぎっぱなしの服や下着を拾い集めて洗濯機《せんたくき》に放り込んでいく。それから掃除機をかけるとそれなりに見られる部

屋になった。ついでに自分の部屋や居間も掃除をした。掃除機を使ってホコリや糸屑を吸い込んでいく作業は、存外自分に向いているような気がした。これで料理も勉強すれば家政夫になれるかもしれない。

先程まで感じていた胸のムカツキも、そうやって作業に集中していくうちにいくらか落ち着いてくる。これからは嫌な事があったら掃除をしようと思った。金もかからないし部屋もキレイになる。

時計を見ると十二時を過ぎていた。

これから何をして過ごそうかと思い巡らしているうちに、七日の事を思い出す。少し細い猫のような目や、風に揺れる三つ編みや、黒のセーラー服や、その襟元《えりもと》の赤いスカーフの事を考えると、なんだかたまらなくなって、気が付けば三月は家を出ていた。会いたかった。

朝から着たままの制服を、授業に出ないまま着替えてしまうのはなんだかもったいないような気もしたし。急げばまだ午後からの授業には出る事ができる。

すっかり春めいてきた空の下を歩きながら、気が付けば頭の中で歌を歌っていた。

嫌な事もあれば良い事もある。

つらい事もあれば楽しい事もある。

この世に生きる喜び、そして悲しみ。

歌の意味が、少しだけ分かったような気がした。

だから少しだけ、胸を張る。

＊

いつものように授業はぼんやりとやり過ごし、昼休みが楽しみの時間。

パンを買いに行こうと教室を出た瞬間、七日は岸《きし》ナオミと鉢合《はちあ》わせになり足を止めた。

「……どーも」

少し投げやりな感じで会釈しながらナオミが言った。合わせて七日も頭を下げる。

「ドーモ」

言ってから、なんて間の抜けた応対だろうと自分で思う。

しばらく顔を見合ったまま、七日とナオミは黙っていた。

重苦しい沈黙《ちんもく》、沈黙。

側をたくさんの生徒がすり抜けていく。やがてナオミは、不思議そうに口を開いた。

「何であんたって、進学科の連中とつるんでんの？」

七日には、その質問の意味が分からなかった。

「どういう、意味？」

「嫌にならないかって事」

「嫌に……？　どうして？」

首を傾《かし》げると、ナオミは溜《た》め息《いき》を吐いてみせた。

「どうしてって……あのガリ勉共と一緒にいたってさ、楽しくないじゃん」

「そんなコト、ないけど……」

「おめでたいね……陰で見下されてるに決まってンでしょ」

「そんな……」

そんな事はない、と言おうとして、七日は途中で言葉を飲んだ。ひょっとしたら、ひょっとしたら、本当にそうではないのか。

疑問。疑惑。

昨日、三月は自分の事を好きと言ってくれたけれど、それも本当は哀《あわ》れみから出た言葉だったのではないのか。或《ある》いはからかわれているだけだとしたら。

そう思い始めると、途端に昨日三月の吐いた甘く優しい言葉の数々が、ひどく苦く辛《しん》辣《らつ》な、ある種の嫌味にさえ思えてくる。そうだ。自分は好かれるはずなどない。好かれる価値も権利さえもない人間だったはずではないか。

人殺し。

ヒトゴロシ！

お前のせいで父親は死んだ。

頭を抱える。歯を食いしばった。消えない罵《ののし》りが、七日を責め続ける。好きだなどと言われて浮かれていた自分を責めるのは、父。父の死の瞬間、目の前が真ッ赤になったあの時の映像。脳裏《のうり》に浮かび、縫《ぬ》い付けられたゼッケンのように張り付いたまま離れない。頭を何度か振ってみても、その映像はぶれる事さえなく、ただただ真実を七日に押し付けた。

血塗れの、もはや原型をとどめていない父が起き上がり、七日に囁《ささや》く。

「幸せになっちゃァ、いけない」

幸せになっちゃいけない。なれない。なれるわけがない。なっていいはずがない。

膝《ひざ》からストンと力が抜けて、七日は廊下《ろうか》に座り込んだ。

この一ヶ月、幸せになりたいと叫んでみたり、他人の顔色を気にしてみたりした事が、ひどく悔《く》やまれた。そんな事して何になると言うのだろう。幸せを願ってみたところで、父が戻ってくるわけでもないのに。何もかもうまくいくんじゃないかと錯覚《さっかく》をして、浮かれていた。

「ど、どうしたの……」

ナオミが七日の肩に触れた。その手を掴《つか》んで、七日はどうにか立ち上がった。

「大した事、ないけェ……」

呟きながら、目を擦《こす》る。泣いてしまいそうだった。

「ち、ちょっとォ」

困った顔をするナオミをよそに、七日はナオミの体にすがり、少し荒くなった息を落ちつかせる事に執心《しゅうしん》していた。深く息を吸い、吐く。

一回、二回。

三度目の深呼吸で、どうにか動悸《どうき》や息切れが治まった。

「大丈夫……？」

困惑した様子で、ナオミが七日の顔を覗き込んでくる。七日は頷いて、立ち上がった。

「何でもないけェ、大丈夫……ありがとう」

七日がそう告げると、ナオミはちらちらと七日の方を気にしながらも側から去って行った。気にかけてくれるという事は、根はそれほど悪い人間ではないのだろう。

真希もそうだった。口は悪いが、根は優しい。二人の諍《いさか》いは時間が解決するに違いない。そう思うと少し安心した。けれど、体調はやはり優れ《すぐ》ない。それに何より、三月に告白された事で浮かれていた自分が許せなかった。恥《は》ずかしかった。

たまらなくなって、七日は空腹も忘れて駆け出していた。一人になりたい。一人にならなくちゃいけない。

気が付けば、立っていたのは、屋上。柵《さく》にもたれて空を見る。少し、曇っていた。

「……バカ」

呟く。

「バカ！」

叫ぶ。居ても立ってもいられない。自分はどうしようもない馬鹿だ。何を浮かれていたのだろう。自分に幸せなんか来るはずはないと、そう考えていた矢先に。

きっと、三月は何か勘違《かんちが》いをしているのだ。自分を誰かと間違っているか、そうでなければ少しばかり思い違いをして、七日の事を素晴らしい何かと考え違いしているのに決まっている。きっとそうだ。きっとそうだ。

そうでなければ、三月が、自分なんかに告白するわけがない。

考えれば考えるほど、七日は泣きそうになって、けれど泣くのはあまりにもみっともないから、必死で涙を堪《こら》えていた。そのまま屋上に座り込んで、膝を抱える。

再び空を見上げた。

雲が、すごい速さで形を変えていく。雨が降るのかもしれない。

授業開始五分前を告げる予鈴《よれい》が鳴る。このまま授業をサボってしまいたい、と七日は思った。思ったが、少しためらわれた。寮長になったと言うのに、学校を休んでばかりもいられない。せめて、その自覚だけはしなくてはいけない、と思う。

今の自分に残されているのは、それだけしかないから。

寮長という小さな立場しか、自分が胸を張れるものはないから。

「……がんばる」

呟いて、立ち上がる。屋上の出口に向かいながら、もう一度、

「……がんばるもん」

呟いた。呟いて、立ち止まった。息を止めた。

「あ……」

声が漏れる。目の前に人が立っている。心臓が激しく高鳴っているのは、突然人が現れた事に驚いているからではなかった。

ドキドキしているのは、目の前に立っているのが、三月だったから。

「……見付けた」

三月は言った。七日は黙っていた。何を言って良いのか分からなかった。どうして三月がここにいるのか。ここに来たのか。分からなかった。

「今日、休んだんだ、学校」

七日が黙っている事に気まずさを感じたのか、三月が再び口を開く。

「でも、何となく、君に会いたくなって学校に来たんだ。そしたらなかなか見付からなくてさ……ひょっとしたら、ここだったら会えるんじゃないかって、思って……」

そこまで言うと、三月は目を伏《ふ》せた、何度か髪を掻き上げながら、やがて何かを決心

したように、七日を見つめた。

「こんな事言ったら、正直、呆《あき》れるかもしれないけど……なんか、俺、君の事が運命の相手なんじゃないかって、本当に思うんだ。今日だって、何となくここに来たら君に会えたし、それに……」

そこまで言うと、三月は再び目を伏せ、先程と同じように髪を掻き上げた。どうやらそれは三月が言葉を選んでいる時の癖《くせ》らしかった。

七日は、屋上から去ろうと思っていた。去ろうと思っていたけれど、どうしても体が動かなかった。ただただ目の前の三月に聞こえてしまいそうなくらいに鼓動が速まっていて、それを悟《さと》られまいとするのに必死だった。

「俺さ、君の夢、よく見るんだ」

やがて、三月が言った。

「いや、夢って言うのかな……よく、分からねェんだけど、時々さ、なんか頭がぼんやりして、幻《まぼろし》みたいなのが見える時が、あるんだ」

七日は、黙ってそれを聞いていた。胸の高鳴りを三月に悟《さと》られまいと必死で。

「君が直接出てくるわけじゃねェんだけど、何だろうな……人の顔が見えたり建物が見えたり……行った事のないはずの場所なのに、何か見覚えがあったりしてさ。あと、いきなり悲しくなったり寂《さび》しくなったりするんだ。理由もないのに」

そこまで聞いていた七日は、どうにもたまらなくなって口を挟んだ。

「うちも！　うちも……そういうの、ある……！」

七日は、三月にその事を説明した。急に頭がぼんやりとする事。人の顔や建物が脳裏に浮かぶ事。何か言い様のない感情にとらわれる事。何となく感じていた。何となく気付いていた。三月と自分の間にある、不思議な感覚を。

「そうか……やっぱ、そうなんだ」

三月はあまり驚いた様子はなく、ただ納得したように一人頷いた。

「やっぱり、俺達、何かあるよ。俺が見てた幻は、君が見てた現実だった、って……分かるかな、これ？」

意味が摑みにくくて七日が首を傾《かし》げると、三月は少し困ったようにあれこれ身振りし、

「だからさ、君が見たり感じたりした事を、俺も感じてたんだ。たぶん、君が感じてたのは、その逆で、つまり――」

言葉に詰まった三月を助けるように七日が、

「三月クンの見てた物を、うちも見てた……」

と言うと、三月は大きく頷いた。

「そう。そういう事だと、思う。たぶん」

確かに、そんな気もする。昨日の朝、三月に体を触られた瞬間、七日の体の中を何か

電気のようなものが駆け抜けた気がした。あの時七日は気を失ってしまったけれど、確かにあの瞬間、三月と五感を共有したような錯覚があった。

屋上で肩に触れられた時もそう。ぼんやりとした、不思議な感覚。三月の顔とダブって見えた、自分の顔。

「でも、なんで、そんな事……」

「分かンねェけど……ひょっとしたら……俺さ、君と出会うために、生まれてきたのかもしれないって、思った」

自分の言葉に照れてしまったのか、三月は七日から視線を外し、それからもう一度、決意したように七日を見つめた。ゆっくり、近付いてくる。

三月の手が、七日の肩に触れた。

不思議な感覚。自分で自分に触れているような。自分に触れられているような。

体が動かなかった。声も出ない。七日はゆっくりと近付いてくる三月の顔を、じっと見ていた。そして同時に、三月が見ている自分の顔が、ぼんやりとそれに重なる。

自分の顔は、キレイな三月の顔に比べて、ひどくみすぼらしく思えた。

「――駄目！」

唇が触れそうになった瞬間、七日は三月の身体を押《お》し退《の》けていた。そのまま一歩、一歩と三月から遠ざかるように後ずさる。

三月は、怯《おび》えたように七日を見つめていた。

「……ごめん」

呟く三月に対して、七日は頭を振った。

「そうじゃないン。そうじゃなくて——やっぱり、うちは駄目じゃもん。やっぱり、うちなんかを好きになったらいけんよ……」

三月が来るまでに考えていた事が、堰《せき》を切ったようにあふれ返る。自分は駄目だ。好きになっちゃいけない。好きになられちゃいけない。自分には、そもそもそんな資格がないのだから。

涙が出てくる。ずっと我慢《がまん》していたのに。一度出るともう、どうしようもなかった。そのままその場に座り込んでしまう。

「な、泣くなよ……」

三月が慌てた様子で、七日に駆け寄ってきて、七日の顔を覗き込んできた。泣いている顔を三月に見せたくなくて、顔を背《そむ》けてしまう。

「……ごめんね」

七日は言った。泣きながら。何度も言った。ごめん。ごめんなさい。

「この前、三月クンの事好きって言ったけど……やっぱりうちじゃァいけんよ。うちは駄目じゃもん。お父さんが怒っとるもん……」

「何だよ、それ……」

三月は、少し怒ったような声を漏らす。

「何でそこで父親が出て来るんだよ……そんなの、関係ないだろ……俺の事、好きなんじゃねェのかよ……」

「だって……怒っとるもん……怒るに決まっとるもん……だって、うちのせいで……お父さん、うちのせいで死んだんじゃけェ！」

気が付けば、七日は三月に父親の話をしていた。幼い頃の話。自分のせいで死んでしまった父親。だから、自分は幸せにはなってはいけないと。

三月も七日の隣に座り込んで、黙ったままずっと七日の話を聞いていた。話の途中で、授業開始を告げるチャイムが鳴ったが、三月は気にする様子もなく、ずっと七日の隣にいてくれた。授業に行かなくても良いのかと七日が問うと、「どうせ今日は休むつもりだったから」と笑う。

「それよりも、君の話、聞きたいんだ。この前は俺の話、聞いてくれたしさ」

そうやってまた三月が笑ったのを見て、ああ、やっぱりこの人は父に似ているのだと、七日は思った。

やがて七日が父親の話を終えた時、三月は空を見上げて、

「うまく言えないけど」

と口を開いた。

「君の父親はさ、君を助けるために死んだんだろ？　だったら、自分が死んでも後悔《こうかい》なんかしないいんじゃねェかな……恨《うら》んだりなんかしてないだろうし、幸せになっちゃいけないなんて、思わねェと思う……」

「でも……」

俯く七日の頬に、三月の指が触れた。父に似た指先が、七日の涙を拭ってくれる。

「立派な人だったんだな……すごく」

三月が呟いた。

「ちょっと、うらやましい」

父を誉《ほ》められた事が、すごく嬉しかった。七日は三月を見て、そして笑った。それを見て、三月も微笑む。

「笑った方がいいよ。かわいいから。誰だってそうだけど……特に、なんか、君が笑ってるの見ると、すごく、嬉しいんだ」

「うちも、三月クンが笑ってるの見ると、嬉しい」

これも、二人の間の「何か」なのだろうかと、七日は思う。何故かどこかで感情や記憶を共有していた自分と三月。三月の言う通り、確かに自分達は運命の相手なのかもしれないと、少し、思う。

「俺の事、好き？」

三月が尋ねてきた。七日は頷いた。

「好き……」

言ってから、少し恥ずかしくなって、俯く。三月は笑った。

「だったらそれでいいよ。少しずつ幸せになっていけばいいさ。きっと、誰も怒ったりなんかしねェからさ」

「幸せ……なれるかな」

七日が呟くと、三月は当たり前のように、

「なれるよ」

と言った。それから自然に、とても自然に、七日と三月は唇を重ねた。

三月の、少し乾いた唇が、自分の唇に触れる。触れた瞬間、これ以上ないというくらいに動悸が速まり、このまま死んでしまうのではないかとさえ思った。

不思議な感覚だった。三月の感覚と自分の感覚が同時に自分の頭に流れ込んできて。けれどそれは不快ではなくて、何だか幸せを感じさせるような、三月なら自分の事を幸せにしてくれるんじゃないかと、そう思えるような——

そんな、キスだった。

六章　パパの言ってた、言葉の意味を

そのまま押し倒してしまいたいという欲求をどうにか押さえて、三月《さんがつ》は唇《くちびる》を離した。ドキドキしている、と思った。真希《まき》にキスされた時も、和泉《いずみ》とキスした時も、こんなにもドキドキはしなかった。頭が、ぼんやりとしていた。

まさか自分の鼓動《こどう》が聞こえていやしないだろうかと馬鹿《ばか》な心配さえしてしまう。

七日《なのか》は、少し潤《うる》んだ目で三月を見上げていたが、やがて恥《は》ずかしそうに俯《うつむ》いて、

「真希に、怒られる……」

と言った。そんな七日が愛《いと》しくてたまらず、三月は七日の肩を抱き、自分の方に引き寄せた。思っていたよりもずっと細い七日の体。抱きすくめる。

「やべェ……すげェドキドキしてる」

思わず呟《つぶや》くと、七日も頷《うなず》いた。

「うちも……」

「俺《おれ》の事――」

何度もそれを口に出すのはあまりに女々《めめ》しいような気もしたけれど、搾《しぼ》り出すように、

「俺の事、好きなんだよな？」

尋《たず》ねると、七日は少し迷ったような顔をした後で、

「……うん」

と答えた。

「ごめん、何回も聞いて……こんなの、初めてでさ」

「三月クンは、うちの事好きなンよね？」

七日が三月を見つめる。泣いたせいか、目が少し赤い。三月は頷いた。

「好きだよ。好きじゃなきゃこんな事しねェよ」

そう言って、三月はズボンのポケットに手を差し入れた。確か、ハンカチが入っていたはずだ。七日の涙を拭《ふ》いてやりたかった。

そこで気付いた。何かがポケットに入っている。不審《ふしん》に思ってそれを引っ張り出し見てみると、それは今朝弥生《やよい》の部屋で発見した、父親の、三月の父親の、写真だった。

思わず舌打ちをしてしまう。それに気付いて、七日が不思議そうに首を傾《かし》げた。

「……ナニ？」

「何でもないよ」

そう言って、写真をポケットにしまおうとすると、七日の手がそれを阻《はば》んだ。

「……気になるよ。顔が急に暗くなったもん」

抵抗しようとしたが、既に父親の話をしている事もあって、三月はその写真を七日に手渡した。手渡して、言った。

「今朝母さんの部屋で見付けてさ……うっかりポケットに入れたままにしてたんだ」

七日は、その写真をじっと見ている。三月は続けた。

「馬鹿みたいだろ？　こんな時に悪いけどさ、やっぱ見るとムカつくんだよ。どうしてもさ……」

三月がそこまで言うと、七日は震《ふる》える声で、

「何で……」

と呟いた。それは三月を咎《とが》めている言葉だと思って、三月は俯いた。けれど七日に何と言われようと、この感情だけはやはりどうしようもない。

七日が三月の肩に手をかける。驚いて、三月は顔を上げた。見開かれた七日の目が、三月を捉《とら》えている。

「何で、三月クンの家にうちのお父さんの写真があるン？」

「えッ……？」

意味が、分からなかった。七日が何を言っているのか、理解するのに時間がかかった。

「お父さん……？」

言葉を何度も頭の中で反芻《はんすう》する。お父さん、七日の、父親、写真。

七日は写真の人物を――三月にとって憎むべき存在のその相手を指で示した。

「これ……うちのお父さんじゃもん」

その横に立っているのは、若い頃の弥生。笑っている。

七日は何度も何度も、写真と三月を見比べていた。そして、言った。

「ひょっとして……」

そこでのどの音が聞こえそうなくらい大袈裟《おおげさ》に、唾《つば》を飲み込んで、七日は続けた。

「ひょっとして、うちのお父さんが、三月クンの、お父さんなン……？」

詰《つ》まり詰まり七日が発したその言葉は、驚く程すんなりと三月の耳を抜け、脳まで辿《たど》り着き、理解する事ができた。けれど。

「ば、馬鹿言うなよッ！」

けれど、否定する。否定するより他にない。そんな事、あるわけがない。

「うちもそう思ったけど！」

叫んで、七日はもう一度、写真に目を向けた。

「だって……この写真……」

「そんな……そんなわけあるかよ。見間違いさ……たまたま似てただけだろ？」

三月がそう言っても、七日はただただ首を振るばかりだった。

「お父さんじゃもん！　間違えっこないもん！」

三月は、ただただ戸惑うしかなかった。それはあまりにも突然の事すぎたし、認めたくもなさ過ぎた。

「でも……待てよ！　もしそうだとして……じゃァ、俺達は何なんだよッ！」

一つの疑問。

三月と、七日の関係。

だがそれを七日に尋ねたところで分かるわけもない。七日は目を伏《ふ》せた。三月にだって分かるわけもない。どうしていいのか何も分からない。途方にくれるより他にない。

三月はしばらくの間、ずっと口をつぐんでいた。七日も同じように、そうしていた。

「——三月クンのお母さんに、会いたい」

やがて、七日が思い付いたように言った。

「聞こう？　お父さんの事、もっと詳《くわ》しく！　そしたら分かるよ？　うちのお父さんと何か関係があるのかどうかも。もしそうだとして、うちと三月クンの関係も！」

気が付けば三月は七日に手を引かれ、校舎の中を走っていた。

こんなところを担任に見られでもしたら後で嫌味《いやみ》の一つも言われてしまうと思いながらも、走っていた。

「ちょっと、待てよ！　授業中なんだ！　誰《だれ》かに見付かったらやばいだろ！」

そう言っても、七日は走るのをやめそうにない。三月は呆《あき》れながらも七日に引かれるままに校舎を飛び出していた。

「し、渋谷《しぶたに》！」

道中、授業をサボってどこかをフラついていたらしい真希とすれ違った。三月と手を繋《つな》いでいる七日を見て、衝撃《しょうげき》を受けたらしい。呆然《ぼうぜん》と三月達を見ている。

七日もさすがに一度は立ち止まったが、

「真希ごめん！　詳しい事は今度話すけェ！」

そう叫ぶとまた七日は走り出し、自然、七日に引かれるようにして三月も走り出していた。

——何やってんだ。

そう思いながらも、七日に付き合っている自分がいる。

三月達が家に到着したのは、それから数分後だった。

＊

胸の高鳴りは、走ってきたせいではなかった。

ひょっとしたら、自分はひどく失礼な事をしているのかもしれない、そういう危惧《きぐ》もあったが、何より自分の探してきたものに辿り着いたかもしれないという期待で、心臓は高鳴っていた。三月にキスをされた時の昂揚《こうよう》も、考えてみればこれに似ていたような気がする。

「――ただいま」

靴《くつ》を脱《ぬ》ぎ部屋に上がる三月に従い、

「お邪魔《じゃま》、します……」

と靴を脱ぐ。その声に、台所の方からひょっこりと女が顔を覗《のぞ》かせた。

三月の母親――弥生だとすぐに分かった。どことなく、顔が似ている。

「ん？　オトモダチ？」

不思議そうに、弥生が三月に尋ねると、三月は弥生と七日を何度か見比べて、

「いや……何か、ちょっと」

と言った。弥生は首を傾げた後で、

「ま、いいからお上がりよ」

と包丁を持った手で手招きする。どうやら料理の最中らしい、

三月が居間の方に行くので、それについて歩いた。

キレイな家だった。築何十年も経《た》っているような木造の住宅と学校の寮《りょう》しか、七日は知らない。フローリングの床やその上に敷《し》かれた絨毯《じゅうたん》や、部屋の片隅に何気なく置かれた花瓶《かびん》が、品の良さを物語っているような気がする。

「ま、座れよ」

そう言って三月は一つの椅子《いす》を指し、自分は向かいの椅子に腰かけた。恐《おそ》る恐る七日も腰を下ろす。ひどく座り心地が良い。きっと、ずいぶん高い椅子なのだろう。

「そんなに緊張しなくてもいいさ」

そうは言われても、なかなか落ち着かない。あまりきょろきょろするのも失礼かと思い、テーブルの木目だけを見つめていた。

「いらっしゃい」

やがて料理が一段落ついたらしい。弥生がエプロンで手を拭きながらやってきた。キレイな人だなと思った。さりげなく化粧《けしょう》をしていて、それが嫌味じゃない。こんな大人《おとな》になりたいと、そう思わせるような人だった。

「こ、こんにちは！　お邪魔してます……！」

慌《あわ》てて立ち上がって七日が頭を下げると、弥生はおかしそうに笑った。

「そんなに緊張しなくてもいいのよ？　ゆっくりしていってね。今、お茶でも出すから」

そう言って台所の方に戻ろうとする弥生を、三月が呼び止めた。

「それよりさ、ちょっと、座ってくれねェかな」

三月の神妙そうな顔に、弥生は少し怪訝《けげん》そうだったが、しばらくして席に着くと、

「……はは ァん」

と漏《も》らした。顔がにやけている。三月と七日をちらちら見た後で、上半身を三月の方に乗り出して、

「カノジョできた？」

と嬉《うれ》しそうに言った。

「ち、違《ちげ》ェよ！」

「カワイイ子じゃない。紹介してくれるわけ？」

三月が否定しても、弥生はどうもそう思い込んでいるらしい。七日の方に微笑《ほほえ》んできたので、七日は思わず会釈《えしゃく》を返した。

「話聞けよ！」

「ハイハイ……何？」

ようやく話を聞く体勢になった弥生に、三月は咳払《せきばら》いを一度してから口を開いた。

「親父の事で……話が、あるんだ」

煙草《たばこ》を吸おうとしていた弥生の動きが止まった。

「……ずいぶん突然だね」

「分かってる」

「それに――」

弥生は七日の方を見た。

「いきなり人を連れてきたと思ったらそんな話……」

言いかけて、弥生は手に持っていた煙草をテーブルの上に落とした。ひどく動揺《どうよう》しているように見えた。じっと七日の顔を見つめている。唇が、震えていた。

「まさか……でも……」

三月が不審そうに弥生を見つめている。弥生はうわ言のように、

「でも……そんな……」

何度かそんな意味の言葉を繰り返した。

七日はもう一度立ち上がると、弥生に一礼した。

「……広島から来ました。宮島《みやじま》、七日です」

「――ナノカ」

弥生がかすれた声で呟く。少し、懐《なつ》かしそうに。その名前を。やがて弥生は腰を浮かせ身を大きく乗り出して、七日に迫ってきた。

「じゃあ……じゃあ！　あなたのお父さんは、宮島――宮島、兼五《けんご》なのね！」

「ハイ」

七日が頷くと、弥生は震える唇を何度か指で撫《な》でさすりながら、じっと七日を見つめていた。うまく考えがまとまらないらしい。何度か口をパクパクと開いた後で、ようやく搾《しぼ》り出すように声を出した。

「け、兼五さんは……？」

「死にました。六年前に」

その答えに、弥生はがっくりと、突き落とされたように腰を下ろした。

「死んだ……」

「東京に行く途中で……列車の事故で……」

言いながら、七日は泣きたくなってきた。あの時自分が不用意な事をしなければ、父は死なずにすんだのだと、今さらながらに後悔する。

「そっか……兼五さんは東京に、来ようとしてくれたんだね……」

弥生は目に涙を浮かべながら、立ち上がると、七日の頬《ほお》に触れた。

「……ナノカ、おいで」

弥生にそう言われると、躊躇《ためらい》もなくそうしてしまう。近付くと、弥生は泣きながら七日の事を抱《だ》き締《し》めた。ずっとずっと昔、そんな風に抱かれた事があるような気がした。

それまで母親を知らずに育った七日だったが、弥生に抱かれながら、思った。

これが母親なんだと。不思議とすんなりと、受け入れられた。

「良かった、また会えて」

「——また？」

三月が訝《いぶか》しげに立ち上がった。

「またって、何だよ……わけ分かんねェよ！　説明してくれよ！」

弥生は七日を強く抱き締めた後で解放し、目の縁の涙を拭《ぬぐ》ってから席に着いた。三月と七日にも座るように示す。

「どこから話したらいいのかな……」

しばらくの沈黙《ちんもく》の後、弥生はゆっくりと、口を開いた。口紅の塗《ぬ》られた唇の動きが、なまめかしかった。

「私と兼五さんの事は、聞いてる？」

「何となくは……三月クンから」

弥生の問い掛けに、七日は頷く。

「そう……だったら、端的に言うよ。三月——それから、七日」

二人を見ながら、弥生が言う。

真実。

「あんた達は、双子なの……三月がお兄ちゃんで、七日は妹」

言葉も出なかった。七日も、そしてどうやら、三月も。

予想していなかったわけではない。七日は特に、真実に近付き始めたあたりから何となく、その事を感じていた。そう考えるのが、最も納得のいく答えだから。

「……ちょっと待てよ！」

三月は立ち上がり弥生に詰《つ》め寄った。

「何だそりゃ!?　そんな話聞いてねェぞ……！」

ひどく動揺しているらしい。落ち着きなく七日を見て、

「妹!?　何だよそれ……それって……おかしいだろ……そんな……」

と声を荒げる。たぶん自分でも何を口走っているのかは分かっていないのだろう。

弥生は目を閉じると、三月に対し、

「ごめんね……ずっと、黙《だま》ってた」

と頭を下げた。

「黙ってたって……」

「責められると思ったんだよ……娘を、あの人に託《たく》した事をね」

「ちょっと、待ってくれよ……わけ分かンねェよ……畜生《ちくしょう》ォ……」

髪を掻《か》きむしる三月をよそに、弥生は七日の方へ視線をくれ、

「兼五さんからは、何も聞いてなかった？」

と尋ねてきた。七日は首を振って応《こた》えた。

「ただ、東京に行ったらいいものが待っとるって、そう言っとっただけで……何にも」

「そう……あの人も、ひょっとしたら、怖《こわ》かったのかな……私が待ってないかもしれないって」

弥生は寂《さび》しそうに天井《てんじょう》を見上げて、テーブルの上の煙草を摘《つま》み上げると火を点《つ》けた。

「でも良かった……まさかあんた達が出会うなんて……これも名前のおかげかもね」

「何か、意味があるんですか？」

七日が問うと、弥生は少し笑って、

「あの人と別れた時の約束……もし全てが解決したら、十年後の、私達が初めて出会った日に、初めて出会った場所で、また会おうってね」

そう言った。また少し、目の端に涙が滲《にじ》んでいる。

「その日が……」

「そう、三月七日。だから私達はあんた達に三月と七日って名前を付けたの。また私と、あの人と、三月と七日と、家族が一つになれるように……きっと出会えるように、ね」

自分の名前。

深い意味など考えた事はなかった。少し変わった名前だとは思っていたけれど、嫌いではなかった。誕生日が七日じゃないのに、七日というのもおかしな話だとも思っていたけれど、それでも、嫌いではなかった。

ナノカ。三月、七日の、七日。

名前の由来を聞くと、なんだか切なくなった。自分の名前。そこに込められた思いが、父と母が出会えなかったからこそ、なお切ない。

気が付いたら涙がこぼれていた。自分のせいだ。自分のせいで、父と母は出会えなかった。自分のせいで、父は死んだ。揺るがない事実。

「どうしたの……」

不安そうに、弥生が七日の肩に手をかける。

「うち……うちが……」

鼻をすすりすすり声に出してみるが、後が続かない。

「大丈夫……何も悪い事はないよ？　悪いのは私だから……ね？　泣かないで……」

そんな優しい言葉も、涙を止める薬にはならなかった。ただただあふれる。塩辛《しおから》い。

「泣くなよ……しょうがなかったんだよ。そうだろ？」

三月もそう言ってくれた。けれど涙は止まらない。

悲しかった。この場に父がいないのが。

「糞《くそ》ッたれ……泣きたいのはこっちだぜ……」

三月のその言葉が、ひどく身に染みた。三月には三月の思いがあって、悲しかったり口惜《くや》しかったり、切なかったりするのだろうに、自分はそんな事もおかまいなしに、泣きじゃくってばかりいる。

駄目《だめ》だ駄目だと思うけれど、それでも泣いてしまう、自分。

「ねえ……悲しい事もあるけど、でも嬉《うれ》しい事もあるの。こうやって出会えて……そうでしょ？」

弥生が子供をあやすように、そう言った。

分かっている。とても嬉しいのは、七日も同じだった。

父が言っていた言葉。東京に行けば「いいもの」が待っている。そう、父は確かに言った。そして今、その「いいもの」が、目の前にいる。七日に触れてくれている。

嬉しい。嬉しくて、嬉しいから、涙が止まらない。

やっと見つかった。ずっとずっと、探していたもの。

一人じゃなかった。家族がいた。嬉しかった。

だから、泣いていた。

悲しくて泣いていたけれど、嬉しくて泣いてもいた。

ようやく頭の中が冷静になってきても、涙は止まらない。

ひょっとしたら、一生分の涙を流してしまうんじゃないかと思った。

＊

泣いていた七日にいろいろ話しかけているうちに、弥生が煮込《にこ》んでいたシチューはすっかり焦《こ》げてしまい、鍋《なべ》が一つ駄目になった。

「手料理を食べてもらいたかったけどね」

と弥生は笑い、結局三人で外食する事になった。三月にとって、母親以外の誰かと外食するのは初めての経験だった。意味もなく、緊張する。

弥生に聞かされたいろいろな真実は、なかなか現実感のあるものとして受け止める事はできなかったし、何より過去の弥生が取った行動や、或《ある》いは父親の事を、素直に許せるわけでもない。

弥生と三月の父親——兼五の間に生まれたのが実は双子で、生まれた直後に兼五は弥生に対し自分が詐欺師《さぎし》であった事を告白し、それでも結婚しようと弥生は言い、兼五はそれを断って借金を清算するために故郷の広島へと戻り、その際に弥生は兼五に娘である七日を託し——もうそこまで考えたあたりでわけが分からない。

「戸籍《こせき》上はどうなってンだよ？」

イタリアンレストランでメニューに目を通しながら、三月は弥生に尋ねた。

「……嘘《うそ》ついてたけどね。結婚、してるんだよ。一ヶ月と少しだけ……一緒に暮らしてた時期があるの。それから離婚して、あんたは私が引き取り、七日の方をあの人が引き取った……」

「じゃあ……」

「法律的にも、兄妹《きょうだい》って事」

弥生がそこまで言ったのを聞いて、三月は疑問を感じた。

「ちょっと待てよ……じゃあ、親父《おやじ》の本籍地も何もかも、知ってたって事か？」

もしそうなら、いくらでも居場所を捜し求め安否を知る事もできたはずではないのか。人をやって調べさせる事もできたはずだ。わざわざ十六年間、ただ待つ事をしなくても。

「調べれば、分かったんだろうね……あの人が死んだ事も。でも……」

弥生は顔を曇《くも》らせた。

「怖かったんだよ……もしあの人が新しい家庭を持っていたら、違う誰かと幸せな日々を送っていたら、どうしようって……それが怖くて仕方なかった」

女手一つで自分を育ててくれた母親の人間としての弱さを、初めて見たような気がした。ただ待つ事しかできなかった、女としての弱さ。

弥生は曇った表情のまま、七日の頭を何度か撫でた。

「ごめんね……もし私に勇気があったら、もっと早く気付いてあげられたのにね……」

七日は泣き過ぎたせいでひどく腫《は》れぼったいまぶたをこすりながら首を振り、

「全然、大丈夫……うちもこうやって出会ったんじゃなかったら、受け入れられンかったかもしれんし、大丈夫、です」

遠慮《えんりよ》がちに「です」と言った七日に、弥生は寂しそうに微笑んだ。

「です、なんて……親子なんだから、気を使わないでね。慣れないとは思うけど、私も気を付けるし……ね？」

弥生の言葉に、七日は頷いた。笑顔。

――畜生。

心の中で不満に思っている自分がいる事を二人に悟《さと》られまいと、三月は気を使った。

向かい合って座っている七日の顔。

――妹？

突然そんな事を言われたって、納得なんかできるはずもない。

まして二時間ほど前にはキスまでしたというのに。唇には、まだ七日の感触が残っているというのに。

三月がそれとなく指で唇に触れると、それを見た七日は恥ずかしそうに視線を外《はず》した。

なんとなく苛立《いらだ》ってしまい、席を立つ。

「トイレ」

投げやりにそう呟いて行こうとすると、弥生に引き止められた。

「注文してから行きなよ。何？　いつも通りボロネーゼでいいの？」

「何でもいいよ適当で」

「……そう。じゃ、頼んどくよ。飲み物は？」

「いらねェ。水でイイ」

嬉しそうな母の様子も、また苛立ちの原因になった。足早にトイレに向かい、用も足さずに水道の蛇口《じゃぐち》を捻《ひね》る。出せるだけ水を出して、顔を洗った。何度も。

理不尽《りふじん》なくらいに惹《ひ》かれ合っていたと感じたあの気持ちは何だったのだろう。

誰にともなく問い掛けてみる。

「どうしたらいいんだよ……」

兄妹だから惹かれ合ったのだろうか。双子だからあんなふうに、お互いを感じ合っていたのだろうか。

確かにそんな話を聞いた事がないわけじゃない。双子同士はどれだけ離れていてもお互いのストレスなどを感じてしまうとか、時には片方が怪我《けが》をした時に、もう片方も同じ場所を怪我したり、そういった同調を示す場合だってあるとか。

自分と七日はそうだったのか。

仮にそうだとして、じゃあなぜ自分はこんなにも七日に惹かれなくてはいけないのか。親愛の情や兄妹愛なんかじゃない。はっきりと分かる。

——俺は七日を犯したい。

キスをして抱き締めて、押し倒して、めちゃめちゃにしてしまいたい。そう願っている、自分。

兄妹と分かってもなお消える事のない欲望。

——畜生。

「畜生ォ……」

——畜生！

蛇口からあふれる水が、自分のそんな邪《よこしま》な気持ちを洗い流してくれればいいのに、それもかなわない。思いは募《つの》るばかりだった。

——どうすればいい？

このままニコニコ家族としてやっていくなんて、きっと無理だ。

無理だ。絶対。

この一年、ずっと自分を抑え込んで生きてきた。本当の自分や、本当の気持ちを押し込めて、偽《いつわ》りの自分を演じてきた。

それを初めて、自分の意思で、解放したのだ。

好きだと思ったから。七日になら、全部さらけ出せると思ったから。もう偽りの自分は止《や》めようと、そう思った矢先。

今さら後戻りなんかできない。

鏡を見る。

「……ひでェ顔してやがる」

こんなにひどい顔をした自分を、今まで見た事がない。

しばらくトイレで頭を冷やし、席に戻ろうとするとトイレの前で七日と鉢合《はちあ》わせた。どうやら三月の事を待っていたらしい。

「何だよ」

じっと三月を見つめる七日に、三月が言うと、七日は少し顔を紅《あか》くしてハンカチを差し出してくれた。

「ああ……サンキュ」

「今日の事――」

七日が口を開く。少し濡《ぬ》れた感じの唇が動く。なまめかしく。二時間前まで自分と触れ合っていた唇が。

「オカアサンには、言わンでね？　きっと、心配するけェ」

オカアサンという単語を、七日は少し言い慣れない調子だった。

「口止めかよ……そんなに嫌か？　兄貴とキスしたのが」

「そんなんじゃ……」

「安心しろ……俺だって変態呼ばわりされンのは御免《ごめん》だからな……」

「そんなン言わんで……うちだってこんな事がなきゃ、オニイチャンの事……」

七日は「オニイチャン」という言葉をややためらいがちに発した。それが三月にはひどく、不快だった。

「お兄ちゃんなんて呼ぶんじゃねェ！」

思わず叫んでしまう。周囲の客が驚いたように三月達を振り返った。

三月は、七日に摑《つか》みかかりそうになっていた自分をどうにか抑え込み、大きく息をついた。周囲の人間には聞こえぬ程度に声の調子を下げる。

「こんな事がなきゃ何だよ？　こんな事にならなきゃ俺とセックスでもしたってか？　ああ良かったよな、交渉《こうしょう》前でよ」

三月がことさら嫌味ったらしく言ってやると、七日は下唇を嚙《か》んで俯いた。

「馬鹿みたいだったよ……一人で勝手に舞い上がって、空回りして……挙句《あげく》の果てに妹に恋かよ……俺もいよいよ駄目人間の仲間入りだな」

「うちだって……舞い上がっとったもん」

「慰《なぐさ》めなんかいらねェ」

「慰めじゃないもん！」

七日は顔を真っ赤にして三月を見上げた。泣いている。あれだけ泣いたのに、よくもまだ涙が出るものだと、三月は冷静にそんな事を思った。

「いいよ……もう。いいんだ……席に戻ろう。みんな見てる」

三月は周囲の目を気にしながら、七日に渡されたハンカチで七日の涙を拭ってやり、席に戻った。弥生は少し心配そうに二人を見比べたが、何か言ってくる事はなかった。

結局、食事の間、あまり会話は弾《はず》まなかった。これからの事はゆっくり話していこうと、それを決めただけで終わった。

食事の後、寮に戻らなくてはいけないと言う七日に対し、弥生はうちに泊まっていく事を望んでいたが、七日はどうしても聞き入れなかった。

「うち寮長になるけェ、無断外泊なんかしとったら、怒られるし……」

「そう……じゃあ、今度はちゃんとした手続きして、うちに泊まりにおいで？」

弥生の言葉に、七日は嬉しそうに笑った。その笑顔が、三月には少し、憎らしかった。あまりに可愛らしい笑顔だったから。

「三月、あんた、送っていきな」

弥生に言われ、仕方なく七日を送る。本当は、一人になりたかったけれど。

日が長くなったとは言え、すっかり日が落ちており道は暗かった。街灯《がいとう》の少ない路地を、並んで歩く。なんだか自分が変質者のような錯覚《さっかく》を覚えた。

「ねェ」

並んで歩きながら、七日は言った。

「うちだって、ドキドキしてたンよ？」

「……そうか」

「うん。恋だと、思った」

思った、という過去形が、今はそうじゃない事を示している。何故《なぜ》、自分はそうじゃないのか。それがひどく不快だった。

「俺《おれ》は――」

恋をしている、と言おうとして、やめた。言ったところでどうにもなるものではない。

「いや、何でもない」

七日は察したように、何も言わなかった。

会話もないまま、ただ自分の動悸《どうき》だけを感じて歩き続けるのは苦痛だった。もし今この世界に自分と七日しかいないのならば、自分は七日を襲《おそ》うだろうと感じる。

――俺は屑《くず》だ。

そんな事を思う。考えるのを止めよう止めよう思うのだけれど、止まらない。

「ナノカ」

意を決して足を止め、三月は七日に目を向けた。七日が不思議そうに三月を見つめる。

「最後に、もう一度だけ――キス、させてくれねェかな」

口に出した後、恥ずかしさで死にたくなった。なんて女々しい事を口にしているのだろう。七日は、困ったような顔をして三月を見上げている。

たまらなくなって、三月は七日を抱き締めた。

「お、お兄ちゃん……」

苦しそうな七日の声。三月は言った。

「やめてくれよ……頼むよ。今だけは、お兄ちゃんなんて呼ばねェでくれよ……」

もがいていた七日は、やがて動きを止め、三月に応えるように三月の背中に手を回した。優しく、優しく。

「でも……うちら、兄妹なンよ？」

七日が囁《ささや》いた。三月は、涙が滲《にじ》むのを感じた。どうしてこんな目に合っているのだろう。喜ぶべき事なのかもしれないのに、全くそれを受け入れられない自分。自分はやっぱり、子供なのだ。どうしようもない、屑なのだ。

三月は、七日から手を離し、そのまま七日に背を向けた。そんな自分が、恥ずかしくて仕方なかった。

「ごめん……」

そう謝ると、七日が背中から、三月を抱いてくれた。

「うちだって、三月クンの事好きじゃもン！　好きじゃけど……しょうがないもん！　好きじゃけど……！」

七日が叫ぶ。泣いているようだった。三月は、一層自分を愚《おろ》かだと思った。七日は、必死で現実を受け入れようとしているのだ。こんなに、必死に。

三月は七日を振り返ると、七日の頭を撫で、言った。

「ごめんな……俺の方がお兄ちゃんなのにさ」

七日は微笑んで、頭を撫でる三月の手に触れた。少しためらったような動きの後、しっかりと三月の手を握る。

「兄妹でも、手は繋げるよ、お兄ちゃん？」

微笑む七日を見て、「お兄ちゃん」と呼ばれるのも悪くないのかもしれないと思った。

兄妹である限り、三月と七日の間には絶対に絶対に、繋がりがなくなる事はない。それならば、悪くないのかもしれない。

ずっと一緒にいられるなら、それでいいのかもしれない。

そう思った。思い込もうとした。必死で。

しばらくは悶々《もんもん》としていなくてはならないのが厄介《やっかい》だと考えながら、七日を寮まで送り届けた三月は、帰り道に七日と繋いでいた方の手を見つめた。七日の柔らかい感触が、まだ残っている。

七日の細い指。柔らかな肌。自分に絡《から》み付いていた、彼女の感触。

三月は、思わずその、七日の感触が残っている掌《てのひら》で自分の唇を覆《おお》った。

キスした時よりも、ドキドキしていた。

＊

寮に帰って部屋に戻るよりも先に、七日は真希の部屋を訪ねた。

が、鍵《かぎ》がかかっている。何度かノックをしたが、出てくる様子はない。

「真希？」

声に出して呼ぶと、中で人の気配がし、

「放っといて」

と声がする。ひどく涸《か》れた声だった。泣いていたのかもしれない。

「真希、話があるン」

「放っといてよ……今何も聞きたくないしあんたの顔も見たくない」

突き刺さるような言葉だった。

「ねェ……そのままでいいけェ、聞いてくれる？」

真希の返事はなかったが、七日は勝手に続けた。

「うちね……三月クンに、告白された……最初、ビックリした。ビックリして、でも、悪くないなって、思った。この人ならいいかなって、思って……でも、なんか、ちょっとだけおかしくてね……二人で話してたらね、うちと三月クンがどうにも他人じゃないような気がして……そしたら、三月クンがうちのお父さんの写真持っとって、それで、三月クンのお母さんに、会いに行ったン」

うまく言葉にできなかったけれど、七日はあれこれ考えながら、どうにか続けた。息を吐《は》き、再び口を開く。

「そしたら……うちと三月クン、兄妹だって。生き別れの、双子だったって」

口に出してみるとあまりに陳腐《ちんぷ》な内容だったので、七日は思わず笑ってしまった。真希の反応は、ない。

「嘘みたいじゃけど……本当の事なン。真希？」

もう一度ノックしようとしたところに、扉が開いて、七日は頭をぶつけた。

「あ……ゴメン」

真希はやはり泣いていたらしい。目が真っ赤だった。

「入っても、ええ？」

頭を押さえたまま七日が尋ねると、真希は頷いた。

「消灯時間、もうすぐだけどね」

「うん……分かっとる」

話したい事はもうほとんど話してしまったから、もうそんなに時間はかからない。

真希の部屋の中はひどく散らかっていた。物を投げたり蹴《け》ったりしたらしい痕跡《こんせき》があちこちにある。ベッドは特にひどいありさまで、ぐしゃぐしゃのシーツの上に、中身の綿が少し出た枕が転がっている。真希は意外とヒステリーなんだなと、思った。

「ホント、なの……？」

部屋に入るなり、真希に問われた。それはまあ、誰だってそう思うだろう。七日が頷くと、真希は少し困った顔をしてベッドにどさりと腰を下ろした。

「そんな事って、あるもんなの……？」

「うん……」

真希の隣《となり》に腰かける。

「ビックリした……すごい、ビックリ、した……」

今さら驚きで、少し手が震えた。そんな七日の手に、真希は優しく手を重ねてくれた。

「あたしは細かい事よく分かンないけど……それってたぶん、イイ事なんだよね？」

「うん」

「そっか……おめでと」

真希には少しだけ、自分の事を話していた。父が死んでしまった時の事や、自分が東京に来た理由を、少しだけ。だから、察してくれたのだと思う。

「ごめんね……あたし、あんたに三月の事取られたと思って、今日ずっと、泣いてた」

「お兄ちゃんも、泣かれたって、言っとった」

七日が言うと、真希は照れたように笑った。

「だって……そりゃ泣くよ。あたし以外の人間に恋してるかも、とか言われてさ、誰だって聞いたらあんただって言うし……あんたにいろいろ相談してたのがバカみたいじゃない……」

真希は真っ赤な目を擦《こす》る。どれくらい泣いたのだろう。自分と同じくらい、泣いたのだろうか。

「ごめんね」

頭を下げた七日の髪を、真希は微笑んで撫でた。

「謝る事じゃないよ。それより……三月の様子、どうだった？」

やはり本当に、三月の事が好きなのだろう。真希はひどく気にかけているようだった。

「あいつがあんたの事好きとか、そういうの言ったのって、すごく勇気出したんだと思う……でもそれが兄妹とかそんなオチで、たぶん、すごいへこんでると思うのね……どうだった？　そんな事、なかった？」

七日は、三月にキスを迫られた事を思い出していた。だが、その事を真希に話すのは止《よ》した。

「なんか、ちょっと、暗かった」

「だろうね……プライドめちゃくちゃなんじゃないかな……」

三月と出会ったのはたった二回、深く話をした事もまじまじと観察した事があるわけでもない。自分より真希の方が、きっと三月を助けてあげられるんじゃないかと、そんな気がする。

「こんな事、頼むのも、変なんじゃやけど……」

七日がそこまで口にすると、真希は掌をぽんぽんと七日の頭の上で弾ませた。

「……分かってる。頼まれなくたって、そうするつもりだし」

それから真希はベッドの上で膝《ひざ》を抱《かか》えてぎゅっと体を縮ませた。七日も真似《まね》をしてみると、なんだかとても、落ち着いた。

「……あたしさ」

真希は言った。

「すっごく最近なの。三月の事、気にし出したの」

「そうなン？」

ずっと気にしていたのだと、七日は勝手に思っていた。

「あたしのお姉ちゃんが、昔、家庭教師やってた時に……小学校の時の三月をね、教えた事があるんだって。たまたまその話をお姉ちゃんに聞いたんだ。サンガツって変な名前の、口が悪くて、でもちょっと格好良くなりそうなオトコノコが、教え子にいたんだって……そしたらあたしのクラスにもサンガツってのがいるのに気が付いてさ。名字も同じだし、同じ人間に間違いないはずなんだけど、でも何か、お姉ちゃんに聞いてた感じと全然違ってて、それで、気になってさ……見てたんだ、最近」

　小学校の頃の三月はどんなふうだったのだろうと、七日は思った。真希はもう七日がきちんと聞いているかどうかなどあまり気にしていない様子で、ただ自分の満足のために喋《しゃべ》っているように見えた。

「よく見てるとね、何か、分かってきたの。サンガツが、すごく……臆病《おくびょう》で、意地っ張りでプライドばっかり高くて……そんな奴《やつ》だって。何か、危なっかしくてさ。もっと自由にやったら、きっとイイ男になれるのにって思って、あたしにできるんなら、あいつの本性を引っ張り出してやろうって思って、いろいろやっててさ。いいセンいってたんだけどね、あたし的にはね……でも、先、越されちゃったな」

　真希はそう言って、七日を見た。寂しそうに。

「……ご」

　ごめんと言いそうになった唇を、真希の指に押さえ込まれてしまう。

「謝らないの！　謝る事じゃないよ。口惜しいけど、あんたが悪いわけじゃないもん」

「……うん」

「あいつが告白か……どんな感じだった？」

　そんな事答えて良いものか、少し迷った。三月はきっと、それを他人に話したと知ったら怒るに違いない。でも真希になら話してもいいような気もしたから、七日は結局口を開いた。

「なんか、すごい、恥ずかしそうだった」

「ひょっとして、キスとか、した？」

真希の問いに、三月の言葉を思い出す。

――そんなに嫌か？　兄貴とキスしたのが。

三月は、兄妹と分かってからの七日の態度が急変した事に苛立っていたのかもしれない。掌を返したように家族のような顔をし始めた七日が気に入らなかったのかも。

けれど実際のところ、七日は一瞬で三月の事を兄と認識したわけではないし、それまで感じていた一種の恋愛感情が、事実を知った事で急激に沈下《ちんか》したわけでもなかった。

依然《いぜん》、七日は心のどこかで三月に対する恋慕《れんぼ》のようなものを感じ続けている。

苦しいくらい。

けれど、思うのは、

――兄妹だから。

それは何がどうあろうともおそらく不変の事実であり、法的にも兄妹であると分かった以上、三月に恋愛感情を感じる事は危険な事だと、七日はぼんやり考えている。

それに何より、自分にもまだ家族がいたという事が、七日には嬉しかったのだ。

三月と「家族」であった事が、何よりも嬉しかったのだ。

恋人同士ならいつかは別れてしまうかもしれない。けれど家族なら、家族ならずっと、死ぬまで一緒にいられるから。

三月と一緒にいたかった。繋がりを持ち続けたかった。死ぬまで。

だから七日は三月を「オニイチャン」と呼んだ。少し無理をしながら、けれど精一杯の気持ちを込めて。

「どうかした？」

随分《ずいぶん》考え込んでいたらしい。真希が心配そうに顔を覗き込んできた。

「あ……うん。なんでもない」

「もうすぐ消灯時間だよ？　行かなくてもいいの？」

真希の言う通り、時計の針が十時半にさしかかろうとしていた。七日はゆっくりなんだか重たい感じのする腰を上げた。

「また、来る」

そう言うと、真希は嬉しそうに頷いた。

「あたしにできる事があったら、何でも言って？」

「うん。アリガト」

操《みさお》に頼まれて、一人で見回りをする。操は相変わらず、自分の進むべき道を迷っているらしい。何もできない自分が、少し歯痒《はがゆ》い。

世界中の人を幸せに、なんて、そんな事願えるほど自分は偉《えら》い人間ではないけれど、でも、せめて自分の好きな人だけでも幸せにできないものだろうか。

ほんの一ヶ月前、生きていてもいい事なんかあるのだろうかと考えていた自分が、今では誰かを幸せにする事を考えたりしている。

幸せになりたいと叫んだあの日から、何かが動き出したのかもしれない。

謹慎《きんしん》になり操に呼び出され寮長になる事を決め、真希と出会い三月と出会った。

全てがあの日から始まった。全てが一つに繋がっている。ひょっとしたら、父が巡《めぐ》り合わせてくれたのかもしれない、と七日は思った。

詐欺師だった父。優しかった父。借金を抱えていた父。死んでしまった父。

いろいろな話が入り混じって、七日の中で複雑な感情を生み出していた。

父は悪人だったのだろうか。三月の言うような、最低の男だったのだろうか。

「――違う」

きっと、違う。ベッドの上で、七日は一人首を振った。父は、弥生の元に戻ろうとしていた。七日を連れて、三月達に会おうとしていた。

父の事を考えながら、目を閉じる。

次に弥生に会ったら父の話を聞かせてもらおう。素敵だったに違いない、父の話を。

三月も、きっと分かってくれる。七日の父が、三月の父が、どんなに優しくて素敵な存在だったかを。

「――お父さん」

少し、涙が出た。悲しいわけではなかった。嬉しくて、嬉しくて。

「うち、もう一人じゃないンよ」

呟く。

幸せは、山の彼方《あなた》の空遠く、とてもとても遠いところにあると誰かの詩は謡《うた》っていたけれど、それはきっと、悪い意味じゃないのだと七日は思う。

遠い所にあるだけで、それは確かに存在していて、だから、一生懸命歩けばいつかは辿り着くはずなのだと。

――幸せ？

自分に問い掛けてみる。わざとらしく。頷いてみる。大袈裟に。

「幸せ」

不安な事もたくさんあるけれど、でもきっと、幸せだ。

そんな事を思った、三月最初の夜。

七章　グリーン・グリーン

また、学校を休んだ。朝食を作るという日課も、今日は弥生《やよい》に任せてしまった。卒業式までもう間がない。頼まれた送辞《そうじ》も何も考えていない。卒業式が終わればすぐ年度末試験がある。勉強もしていない。何もしていない。ただ部屋で布団《ふとん》に包まれてうとうとしているだけ。

いろいろな事があった。発端《ほったん》はなんだろう。真希《まき》にキスされた事か。確かにあの日以来、なんだかおかしい。ずっと忘れていた和泉《いずみ》の事を突然思い出したり、それで泣いてみたり、感傷的になっている。やりにくい。

父親の事を考えてみた。

母を騙《だま》そうとして、騙す事ができなかった父親。責任を果たすために七日《なのか》を連れて一人故郷に戻った父親。帰って来ようとしていた。六年前の三月七日に、父は七日を連れて戻って来るはずだった。

けれど、死んだ。

――死んだら何もかもお終《しま》いだ。

天井《てんじょう》を見ながら、思う。

七日から聞いた父の死に際《ぎわ》の事、七日を助けるために死んでしまった父。きっと新聞にも載《の》っただろう。けれどおそらくは小さな小さな記事だったはずだ。或《ある》いは全国的なニュースにさえならなかったのかもしれない。人身事故なんてそれ程興味を引く事件ではないし、見ていて愉快《ゆかい》な内容でもない。

結局、弥生は夫の死に気付く事なくこれまで生きてきた。苦しかったろう。騙されたと割り切る事もできずに、それでも待ち続けながら生きてきたこれまでの人生は。

――糞親父《くそおやじ》が。

舌打ちすると思っていたよりも大きな音が立って、そのせいでさらに気が滅入《めい》った。

父の死のせいで母は苦しみ、七日もまた、自分のせいで父が死んだものと思い苦しんでいる。やっぱりろくな人間じゃない、そんな事を思った。そして父親を否定するという事は、同時に自分を否定する事にも繋《つな》がっていく。

――俺《おれ》は屑《くず》だ。

誰《だれ》の事も幸せになんてできやしない。きっといろんな人を傷付けなくては生きていけない。そういう人間の血が、自分には流れている。

真希の事だって泣かせた。真希はきっと傷付いたろう。

これから先、あと何人の人間を傷付けてしまうのだろうかと考えると、いっそ死んでしまいたいとさえ、思う。消えてなくなれば、誰も傷付かない。でも、

——それでも地球は回っている。

じゃあ一体自分は何のために生まれてきたのだろう。死んだって何一つ変えられない。自分が死ねば地球が止まるわけじゃない。けれど生きていたって誰かを傷付けてしまう。

——どうすればいい？

「くそッ……」

呟《つぶや》くと、ドアが鳴った。ノックの音。

「サンガツ？」

弥生の声。どうやら仕事を休んだらしい。

「入るよ？」

鍵《かぎ》はかからないドアだ。弥生は少し遠慮がちにドアを開けて、顔を覗《のぞ》かせた。

「何て格好してんの」

布団に包まって顔だけを出している三月《さんがつ》を見た弥生は、吹き出して言った。

「寒いんだ」

嘘《うそ》をついた。どうでもいい、つかなくてもいい嘘。毛布に包まっていたのは、自分を外にさらけ出したくないという、ただそれだけの理由だった。それがたとえ自分の部屋

の中だとしても。

「本当に風邪《かぜ》なの？　熱出た？」

弥生の冷たい手が、三月の額に触れる。それを払《はら》い除《の》ける気力も、今の三月にはない。

「……平熱みたいだけど。寒いんなら暖房入れようか？」

本当は仮病だって分かっているのだろうにわざとらしくそうやって首を傾《かし》げる弥生が、ひどく鬱陶《うっとう》しい存在に思えた。今までそんなふうに思った事はなかったのに。

「いいよ。今のままで」

不機嫌なのを隠さずに三月が言葉を吐《は》くと、弥生は少し困ったような顔をしてベッドに腰かけた。三月の頭を何度か撫《な》でる。

「やめてくれよ……ガキじゃあるまいし」

「あら、私にとっちゃあんたはいつまでも子供なのよ？　子供扱いして悪い事はないでしょ？」

からかわれてるみたいだった。

「やめろよ」

それでも弥生は三月の頭を撫でるのをやめようとはしなかった。もうどうでもよくなってしまって、三月はそのままされるがままにしていた。

「ここ最近、仕事ばっかりしていてあんたとこうして話をする時間がなかったね。もっとこんなふうに時間を割《さ》けば良かった……」

「いいよ、別に」

弥生が働いてくれているから、自分は生きていける。それくらいの認識はしている。だからこそ弥生に余計な気を使わせたくなかったのだ。

「サンガツ……私ね、後悔《こうかい》はしてないんだよ」

弥生は言った。

「そりゃ最初から家族全員で過ごせたらどんなに幸せだったか分からないよ？　あの人を待ち続けたこの十六年が辛《つら》くなかったわけじゃないしね。でもね、こうして、出会えたんだもの。あの人はもう亡くなってしまったけれど、七日はここまで辿《たど》り着いてくれた……しかもあんなにイイ子に育って……こんなに嬉《うれ》しい事はないもの」

よく、分からなかった。一体何が嬉しいというのだろう。自分は苦しんでいる。七日だってきっと苦しんだはずなのだ。

「勝手だろそんなの！　俺やあいつの意思なんか何もねェじゃねェかよ！　勝手に引き離されてさ……お互いの存在をずっと知らずにさ……偶然同じ学校に入って、たまたま出会ってたまたま惹《ひ》かれ合って……それでいきなり兄妹《きょうだい》なんて言われて！　嬉しいなんて思えるかよ！　俺ァそこまで間抜けじゃねェんだよ！」

上体を起こしながら三月が叫ぶと、弥生は目を伏《ふ》せた。

「……分かってる。そんなふうに言われたら、何も言い返せないよ」

でもね、と弥生は言った。

「あの時、私達はそうする事が正しいと信じてたんだよ。あの人は私と離れる事を正しいと信じていたし、私はあの人に七日を託《たく》す事が正しいと信じてた……だから、後悔はしてないの。そういう、事なの」

三月が何も言わないでいると、弥生はさらに口を開いた。

「結果的に七日に出会えたけど、ひょっとしたら一生巡《めぐ》り会う事もないまま時間だけが過ぎていったかもしれない。それでも、後悔はしなかったと思う。私はあの人を信じたかった。信じたくて、信じたんだもの。誰かに言われてそうしたわけじゃない。自分の意思で、自分のやりたい事をやっただけだもの。それなのに後悔なんてしていたら、何もできやしないからね」

それが今の自分に向けられた言葉だという事に、なんとなく、気が付いた。

「だからサンガツ、あんたはあんたなりに、あんたが正しいと思う事をやりなさい。どんな事でもいい。少しくらい人を傷付けたって構わない。生きている以上、きっと誰かを傷付けてしまう。人間はそういうもんだからね……ただ、何もかも責任を取るつもりではいなくちゃいけないよ？　その気持ちさえあれば、何をやったって構わない」

「——人を殺しても？」

三月が尋《たず》ねると、弥生は一瞬ためらった後で頷《うなず》いた。

「極論だけどね……でもあんたがそれを正しい事と信じて、それで傷付いてしまう多くの人達に責任が取れると言うのなら、そうしなさい」

責任、という言葉の意味が、三月にはよく分からなかった。例えば人を傷付けて、一体どうやって責任を取るというのだろう。

「俺や七日が傷付くとは思わなかったのかよ」

三月の問いに、弥生は迷わずに答えた。

「もちろん思わなかったわけじゃないさ」

「じゃあどうやって責任取るつもりだったんだよ」

「あんたを誰にも負けないくらい素敵な人間に育てようと思ったね」

そう言って弥生は笑った。

「何だよ、それ……じゃあ失敗してンじゃん」

三月の言葉に、弥生は首を傾げた。

「何で？」

「何でって……俺、別に素敵な人間じゃねェから」

「あら、母親としては、まんざらじゃないって思ってるんだけど。親バカだった？」

「でも俺——」

三月が反論しようとすると、弥生は三月の髪をぐしゃぐしゃと掻《か》き回した。

「あんたはいい子だよ。十六年見てきた私が言うんだから間違いない。口が悪くて意地っ張りでちょっと見栄《みえ》っ張りなところがあって、でも優しい、いい子だもの。私はあんたを誇《ほこ》りに思ってる。胸を張って生きな、サンガツ。あんたのしたい事を、あんたがやりたいようにやったらいい」

嬉しかった。けれど三月は同時に、ある種の息苦しさをも感じていた。

「でも母さん……俺はさ……俺は……」

俺は七日を、そう言おうとしたけれど言葉は出てこなかった。だが弥生は、それとなく事情を察していたらしい。

「あんたと七日の間に何があったのかは、何となく分かってるつもり。それこそ私や兼《けん》五《ご》さんの取った行動のせいで、そんな事になってしまったんだと思う。だから私には何も言う権利はないよ。あんたがそうしたいと思うなら、そしてあの子もそれを受け入れるのなら……あの子とあんたがどういう関係になろうと、私は文句は言わない。それがいくら社会的に見て正しくない事だとしてもね」

よもや肯定《こうてい》されるとは夢にも思わなかった。三月は呆然《ぼうぜん》として、弥生を見つめた。

「でもねサンガツ。それはきっと多くの人間が傷付くであろう選択だというのは、分かっておく必要があるよ？　そしてたぶん、あんたもあの子もたくさん傷付くだろうね」

それは言い換えれば、その責任を取れるのかという問いでもあるような気がした。

「……よく分かンねェよ」

三月は言った。

「よく分かンねェけど……俺は、あの子の事、傷付けたくないんだ」

口に出して、何となく自分の気持ちが分かった。自分が何をすればいいのかも、分かったような気がした。

弥生は満足したように微笑《ほほえ》むと、部屋を出て行った。出ていく際に一度、三月の方を振り返り、

「……夕方になったら七日を寮《りょう》まで迎えに行ってくれる？　今日は手料理を食べてもらいたいから」

そう言った。それから三月は夕方まで寝て過ごし、シャワーを浴《あ》びた後で家を出た。

湯上りにはまだ少し肌寒い季節だった。

もうすぐ春。

寮までの道のりを、歩く。学校帰りの中学生の集団とすれ違い、何だか本当に匂《にお》ってきそうな青臭《あおくさ》さを感じた。

自分にもあんな時期があったのだろうかと考えてみるが見当もつかない。けれどそれは確かに存在したはずなのだ。憶《おぼ》えていないのは、きっと幸せだったからに違いない。

何事もなく平穏《へいおん》であったからこそ、記憶は薄れていく。

そう考えてみて、自分は今まさにいるこの時期の事を、きっといつまでも憶えているのだろうなと思った。いろいろな事があり過ぎた。浮かれたり悩んだり、ドキドキしたり苦しかったり、あまりにたくさんの気持ちや感情が、一度に心の中をめまぐるしく駆け巡った。

けれど思う。

後悔はしていない。

弥生の言ったように、それは確かに自分の意思だったから。自分がそうしたいと思って、選んだ道だから。

そしてこれから選ぶ道に関しても、自分は後悔をしないだろう。

決意を、していた。

側を通りかかった邸宅の庭に、梅の木が花を咲かせている。

梅よりは桜が好きだなと思った。

なんだか、潔《いさぎよ》い感じがするから。

＊

三月が迎えにきてから、服を着替えたり操《みさお》に外泊の許可を得たり準備をするのに存外手間取ってしまい時間を取られたが、遅くなった事に弥生は怒る様子もなく、七日を笑顔で迎え入れてくれた。それが嬉しくもあり、少し恐縮《きょうしゅく》に感じるところもある。自分はこの家庭にとって邪魔者《じゃまもの》ではないかという不安は、やはり心のどこかに残っていた。その心を弥生に察せられないよう注意しつつ、七日も笑顔で応《こた》えた。

食事をしながら、いろいろな話をする。

広島での暮らしの事や、祖父母の事――そう言えば祖父母に弥生の事を伝えなくてはいけない――学校でのこれまでの暮らし、操や真希との出会いの事。

寮にやってきた三月を不審者《ふしんしゃ》と勘違《かんちが》いして、操が警察を呼ぼうとした事も、七日は話して聞かせた。他愛もない事だけれど、そんな事を話せる相手がいるのが、少し嬉しくて、七日は笑った。

途中何度か、うっかり「です」「ます」口調で話してしまいそうになって、言葉を詰《つ》まらせる。そんな七日を見て、弥生は少し寂《さび》しそうな様子だった。

だがそれを除けば、他愛もない七日の話を、弥生は一つ一つ嬉しそうに聞いてくれる。促《うなが》されるままに話を続け、気が付けば七日は一人で何十分も喋《しゃべ》り続けていた。

「あ……ごめんなさい。なんか、うちばっかり、しゃべっとる……」

「いいのよ？　人の話を聞くのは好きだもの」

「でも……」

「娘が親に遠慮なんかしないの」

弥生は微笑んで、七日の鼻をくすぐるように指を突《つ》き付けた。

「……俺、部屋に戻るよ」

三月が立ち上がると、弥生も立ち上がって食器類の片付けを始めた。七日がそれを手伝おうとすると、弥生は、

「ここは大丈夫。七日は三月の話し相手にでもなってあげて？」

と、三月の部屋の方を顎《あご》で示した。

「あのコ、ちょっとムズがってるから」

「あ……ハイ」

ついつい卑屈《ひくつ》な感じになってしまう。そんな七日の頭を撫でながら、弥生は微笑んで、

「今日は一緒《いっしょ》に寝ようか。いいでしょ？」

と言った。少し恥ずかしかったけれど、頷いてみせた。

三月の部屋はひどく質素な感じがした。大きな本棚に本がぎっしり詰まっている。

「……何だよ」

ベッドに横になっていた三月は、七日がドアを開けると体を起こし七日を睨《にら》んだ。

「あの……なんか、ね、あの……お話、とか……」

何と説明しようか口籠《くちご》もっているうちに、三月は呆《あき》れたように溜《た》め息《いき》を漏《も》らし、ベッ

ドをぽんぽんと叩《たた》いてみせた。

「座れよ。何もしねェから」

「うん……」

三月の隣《となり》に座ると、鼓動《こどう》が速まるのを感じた。天井を見上げて、三月が、ゆっくりと口を開く。

「……楽しそうだな」

「お兄ちゃんは……楽しくないン？」

七日は尋ねた。オニイチャンという言葉に、まだどうしても違和感があった。けれどそう呼ばなくてはならない気がしていた。

三月は七日の言葉に、疲れたように顔を伏《ふ》せ、

「オニイチャン、か……」

と呟《つぶや》いた。とても、小さな声で。

それからしばらくの間、三月は黙っていた。七日も黙っていた。何を言って良いのか、思い付かなかった。ただただ自分の動悸《どうき》が激しくなっているのを、悟《さと》られまいとしていた。今、自分の隣に座っているのは恋人ではない。家族なのだから、と。

「なァ」

しばらくして、三月は、七日を見て言った。

「俺、お前が好きだ」

特に迷っている様子もなく、三月は七日を見つめている。七日は、それを聞いてますます動悸が激しくなるのを感じた。思わずシーツを鷲掴《わしづか》みにしていた。

「お前が妹だとしても、俺はたぶん、お前の事、ずっと好きだと思う。妹としてじゃなく、女として……」

七日が何か言おうとすると、三月はそれを制するようにさらに口を開いた。

「でも俺は、お前を傷付けたくねェんだ。だから――」

三月はそこまで言って、七日から顔を背《そむ》けた。七日は三月を見なかった。泣いているのかもしれなかったから。きっと、そんな姿を見られたくはないだろう。

やがて、三月は震《ふる》える声で言った。

「だから俺は、お前には触れない。自分の中でもう大丈夫だって思うまで、指一本触らねェ。そうでもしないと、おかしくなっちまいそうだから……」

三月のその決意が、とても、痛かった。でも、受け止めるしかないと思った。七日だって、三月に触れて欲しいと思っている。いろんな場所を。或《あ》いは三月の体に触れたいとも思う。けれど、けれど自分と三月は兄妹だから、それはいけない事で、きっといろいろ傷付いてしまうから、だから後はただ、時間が解決してくれる事を祈りながら、微妙な距離を取りつつ三月と時間を過ごしていくより他にないのだ。

兄弟だから惹かれ合ったのか、惹かれ合ったからこそ兄妹だと分かったのか。それは分からないけれど、分からないけれどはっきりしている事実は、自分達が兄と妹であるという事だけだから。

三月に触れたいと思う自分を抑え、七日は三月を見つめた。三月も七日に目を向けた。目が赤い。やはり、泣いていたのだろう。

「——何、泣いてんだよ」

三月の言葉に、七日は驚いて自分の頰《ほお》に触れた。確かに、そこにははっきりと涙の筋が通っている。言われて、初めて気が付いた。自分も、本当は泣いてしまうくらいに悲しいのだという事に。

「おかしいね……何でかな」

無理矢理笑顔を作って七日が呟くと、三月はベッドに仰向《あおむ》けになって、

「ごめんな、今は、抱《だ》き締《し》めてもやれねェよ……」

と、漏《も》らした。寂しかった。

けれどそんな三月が、とても好きだと、七日は思った。

*

七日と兄妹である事が分かって以来、あれほど頻繁《ひんぱん》に起こっていた発作《ほっさ》はぱったりと

起こらなくなった。

理屈云々《りくつうんぬん》はよく分からないが、やはりあれは自分と七日が出会うために必要な何かであったのかもしれないと、三月はぼんやり思う。あの発作がなければ三月は七日に恋心を抱く事もなかっただろうし、或いは二人が兄妹であると分かる事も、おそらくはなかっただろう。

七日は相変わらず寮暮らしをしているが、寮長になるので当分の間、三月や弥生と一緒に暮らすつもりはないらしい。弥生は随分《ずいぶん》寂しそうにしていたが、三月は正直、少しほっとしていた。気持ちを落ち着けるためにも、やはりもうしばらく七日とは離れていたい。


気が付けば、卒業式の当日になっていた。

送辞の事を、何も考えていなかった。もう少し慌《あわ》てるべきなのかもしれないが、妙に気分は静かだった。一番前の席で校長の長い話を聞いていると、うっかり眠ってしまいそうなくらい。

在校生の参加は義務ではないが、後ろの方の席には七日もいるはずだった。七日を迎えに行った時に三月を不審者と間違えた、東山操《ひがしやまみさお》が卒業生として出席している。彼女を送り出すために、式には絶対に行くと七日は言っていた。

校長の祝辞が終わり、続いて在校生よりの送辞がある事を、進行役の教師が述べた。

「在校生代表——渋谷《しぶたに》、三月」

名を呼ばれて、立ち上がる。自分でも驚く程平常心だった。ここ最近、ドキドキしっぱなしだったから、心臓がバカになってしまったのかもしれない、などと考える。

演台に立ちながら、何を話そうか、迷った。

「まず、卒業生の皆さん、ご卒業おめでとうございます。在校生を代表して、お祝い申し上げます」

とりあえず当たり触りのない文句を言っておいてから、あたりにいる人間全員を見回した。

人がいる。たくさんの、人。

こんなに人がいるなんて、思ってもいなかった。考えてみれば学校に入って一年、他人の事なんかまるで見ずに過ごしてきた。自分以外に興味を持たず、見下して、生きてきた。

「皆さんは——」

自然と、言葉が出た。

「皆さんは、何のために、生きていますか」

それは、自分自身に言い聞かせるべき言葉だと、三月は思った。

「僕《ぼく》は、今まで、自分のためだけに生きてきました。わがままに、自分の事しか考えず、他人を見下して生きてきました。けれど――」

　そう、けれど。

「最近、ひょっとしたら生まれて初めて……僕は人に何かをしてやりたいと、そう思いました。そのコのためなら、何でもしてやれると、思ったんです。たとえ自分が傷付いてでも」

　七日に笑っていて欲しいから、何でもしてやりたいと、思った。

「人は、一人で生きているんじゃ、ありません……世の中にはたくさんの人がいて、傷付け合ったり慰《なぐさ》め合ったりして、そうやって、生きています。時には誰かを傷付けてでも、前に進まなくてはならない事もあるでしょう」

　それは、弥生が三月に言った事だった。

「けれど――」

　けれど、と三月は思う。

「きっと生きていく中で、人間は、この人だけは傷付けたくないと、そういう存在に気が付く時が来るのだと思います。そしてその人を守るためになら、何でもしようと、たとえ自分が傷付いたとしても構わないと、思うでしょう」

　父と弥生が離れ離れになった理由。

きっと、それはお互いにお互いの事を考えて、お互いをできるだけ傷付けまいとした結果だったんじゃないかと、思った。父は弥生を借金で苦しめないために。弥生は父の事を信じるために。

不器用で、間抜けな選択だったと思うけれど、きっと、弥生も父も、若かったのではないかと思う。自分だってきっと、同じように間抜けで、不器用な選択をしてしまうに違いないだろう。七日に指一本も触れないと決めたように。

「家族であったり、恋人であったり、或いは名前も知らない赤の他人を、守ってやりたいと思う事だって、あるかもしれない。それはとても——たぶんとても、素敵な事です。願わくば卒業生の皆さんが、他人のために何かをしてあげられる素敵な人々になって、世にはばたいていかれます事を——」

そこまで言って、三月は頭を下げた。

あまり送辞には似つかわしくない話だったと自分でも思う。顔を上げて、講堂の端の方に立っている担任教師を見ると、なんだか苦い顔をしていた。

まあいいだろう、そう思いながら三月が自分の席に戻ろうとすると、講堂の一番後ろの方の席で、大きな拍手《はくしゅ》があって、それにつられるように会場で拍手が起こった。

拍手をしたのはたぶん、七日だと思った。送辞に拍手など、普通はしない。

けれどそれほど、嫌ではなかった。

卒業式は滞《とどこお》りなく進み、校歌の斉唱や卒業証書の授与も終わって、卒業生が講堂を出て行く。その行進を見送った後で外に出ると、待ち構えていたように、七日が駆け寄ってきた。七日は泣いていた。よく泣く奴《やつ》だと、少し呆《あき》れる。

「……また泣いてンのかよ」

三月が言うと、七日は鼻水をすすりながら目を擦《こす》った。

「だって……お兄ちゃん……すごい、いい事言ったけェ」

それ以上はもう言葉にならないらしい。七日はハンカチで口元を押さえて体を小刻みに震わせていた。

「そうかい、そりゃありがとよ」

七日の頭を撫でてやろうとして、手を止めた。そのまま手をポケットに突っ込む。そんな三月の様子を見てか、七日は少し、寂しそうな顔をした。

「あ、いた！」

卒業証書を小脇に抱えた操が、三月達を見て歩み寄ってくる。

「あ……オメデトウゴザイマス」

七日が頭を下げたので、三月もそれに合わせて会釈《えしやく》をした。

「ありがとう。すごくいい送辞だった……この前は、ごめんね。勘違いしちゃって」

操はそう言って、三月に手を差し出したので、三月はその手を取り握手をした。

「いえ……それより、大学に、行くらしいですね」

三月が尋ねると、操は頷いて、

「あ……うん。宮島《みやじま》に、聞いたのね？」

と恥《は》ずかしそうに笑った。操の事情は、七日からそれとなく聞いていた。操が両親の反対を押し切って、進学の道を選んだ事も。

「学費は、自分で働いて何とかする……楽じゃないけど、やりたい事をやった方が、きっと後悔も少ないと思うの」

そう言い切った操と弥生とが、三月には何となく重なって見えた。

それから、自分が選んだ道の事を思う。自分は本当に、後悔しないだろうかと。

操と、それから操の引越しをこれから手伝うという七日と別れ、歓談《かんだん》している卒業生や在校生の群をすり抜けるようにして、三月は一人、講堂を離れた。自分も引越しを手伝おうかと思ったが、女子寮なのを思い出して断念した。

教室に鞄《かばん》を置いていたので、取りに戻ろうと思い歩を進める。講堂から校舎へと続く道は、緑にあふれ風通しが良く、ほのかな春の日差しが心地良い。

「優等生」

途中で声をかけられて振り返ると、保健教諭《きょうゆ》の羽住《はずみ》が立っていた。他の教師は皆いつもよりも少し整った服装をしていると言うのに、羽住だけは普段通りの白衣姿だった。

「身体の調子はどうだい？」

煙草《たばこ》に火を点《つ》けながら、羽住が首を傾《かし》げる。

「おかげさまで、最近はいいですよ」

「君の彼女もいいみたいだね。最近はうちに来なくなったしな」

羽住にそう言われて、三月は目を伏せた。教師陣にはまだ三月と七日の話はされていない。だがいずれ、その話も広まる事になるだろう。弥生は、七日を自分の子供として引き取るつもりでいるだろうから。

「彼女なんかじゃ、ないです」

三月は、迷いつつも七日が自分の妹であった事を羽住に話した。どうせいつかは知られてしまう事なのだ。ならばまず比較的話をしやすい羽住に、その話をしておこうと思った。

何より、その話を口に出す事で、少しでも自分に「七日は妹」だという事実を認めさせなくてはならないような気がした。

話を終えると、羽住は思ったよりも驚きのない態度で煙《けむり》を吐《は》き出し、白衣から取り出した携帯《けいたい》灰皿に煙草を押し付けた。

「世の中には――」

新しい煙草に火を点けながら、口を開く。

「不思議な事が時々起こるもんさ」

「……そんなもんですか」

羽住のあっさりした対応に、三月は少し戸惑いを感じていた。けれど、よくよく考えてみれば、そんなものなのかもしれない、とも思った。

「この間、丸い置物の話をしただろう？」

煙を空に向かって吐き出して、羽住は続ける。

「今の君は、あんまり丸く感じないな。それから、君の妹も――見ていて安心できるようになった」

「七日も？」

三月が問うと、羽住は頷いて、

「あのコは君とは少し違う――何て言うか、逆にトゲばっかり周りに出していて危なっかしい感じだったたから」

と言った。それは何となく、分かるような気がした。確かに七日には、どこか儚《はかな》げで何かを傷付けてしまいそうな感じがあった。それが、三月が七日に惹かれた理由の一つでもある。

「でも、今は違うんですね？」

「君達二人を足して二で割った感じかな。いびつ過ぎないし、丸過ぎない。まだ不安なところもあるけど、それはたぶん、若さって奴さ」

若さ、という言葉に三月は少し照れのようなものを感じた。けれど不快ではなかった。それは事実なのだ。自分は確かに、不器用で拙《つたな》くて、こんなにも——青臭い。

「私は行くよ。じゃあな優等生。なかなかいい送辞だったよ」

それだけ言うと、羽住は咥《くわ》え煙草のまま保健室へと戻って行った。三月は、そんな羽住の姿をしばらく見守っていたが、やがて教室に鞄を取りに戻るために歩き出した。

教室には、真希《まき》がいた。他に生徒の姿はない。まだ講堂の方にいるか、最初から来ていないかだろう。

「やあ」

と、真希は自分の机に腰掛けた状態で言った。

「送辞は、どうだった？　うまく言えた？」

「ああ」

「そう。そりゃ良かったね」

「お前、何しに学校来たんだよ」

卒業式以外に行事はない。授業も休みだ。試験前という事もあって、進学科の生徒の大半は家か塾《じゅく》で勉強でもしているだろう。

真希はしばらく考えているような素振《そぶ》りを見せた後で、

「あんたに会いに来たって言ったら、怒る？」

と意地悪そうに笑った。

「物好きな奴だな、お前」

「七日から、いろいろ、聞いた」

「そうか」

それは七日からも聞いていた事だった。真希に事情を話したと。それから、和泉《いずみ》が真希の姉である事も、三月は聞いていた。けれど今さら真希にあれこれ問おうとは思わなかった。

「つらい？」

「つらいに決まってンだろ」

「そりゃそうだよね……」

「お前だって、つらかっただろ？」

三月が尋ねると、真希は少し怒ったような顔をして、天井を見上げる。

「トーゼン」

「……悪かったよ」

「謝らないで」

「それもそうだな」

三月は、自分の机の上に置いてあった鞄を床に置き、真希と隣り合うように机の上に腰掛けた。

「帰らないの？」

「俺の勝手だろ」

「それもそうだね」

静かだった。

ほとんどの人間は講堂の方に移動しているせいだろう。ひょっとしたら今進学科の校舎には、自分と真希しかいないのではないかと、思った。

「おい」

しばらく黙ってただ座っていた後で、三月は言った。

「キスしようぜ」

「……あんた七日が好きなんでしょ？」

「好きさ――でも妹だ」

「あたしは七日の代わりなわけ？」

真希が呆れたように三月を見る。三月は真希から顔を背けた。

「知らねェよそんなの。今キスしたいって思ったからキスしようぜって言っただけだ」

「ムシがよすぎるんじゃないの？　一度は傷付けといてさ」

真希が言う。それはもっともだと思った。今の自分には、真希に縋《すが》る権利などない。

「そうだな……悪《わり》ィ」

三月は目を伏せた。自分が情けなくてたまらなかった。そんな心情を察してか、真希は子供をあやすように、三月の頭をぽんぽんと叩く。

「あんたが七日の事、本当に吹っ切れて、それでもってあたしの事を好きになってくれたなら……その時はキスどころかその先までやらせたげるよ」

真希が笑う。つられて三月も笑った。

「……あいつの事吹っ切るのに楽しみができた」

「時間、かかりそう？」

尋ねられたが、自分でも分からない。けれどその先にあるものが孤独《こどく》ではないと分かったから、少しだけ、気が晴れた。真希が自分の事を見てくれているなら、大丈夫のような、そんな気がして。

＊

春休みは、忙しかった。

帰らないと決めていたはずの実家にも、結局帰った。どうしても早急に祖父母に挨拶《あいさつ》をしたいと弥生が言い出したからだ。春休みで実家に帰っている生徒も多いので寮長の仕事が思っていたよりも忙しくなかったせいもあり、七日は三月と弥生を連れて広島に戻ると、祖父母に事情を説明した。

祖父母は、弥生の存在を全く知らなかったようだったが、弥生や三月の存在を快く受け入れてくれた。祖父はいつも通りなんだか面白くなさそうな顔をして黙っているばかりだったが、祖母はやたらと嬉しそうな様子で、三月に父の面影《おもかげ》があるとか七日と弥生がまた似ているとかそういう事を屈託《くったく》なく喋った。

三月はその間なんだか面白《おもしろ》くなさそうな顔をしていて、どうやら三月は祖父と似ているのかもしれない、と七日は思った。

それから祖父母達と一緒に食事をし、一緒に墓参りをした。お参りをしながら少し泣きそうになった事を、三月にからかわれたりしたが、三月も何かと感傷的にはなっていたようで、墓所から帰る車の中では始終黙っていた。弥生も、悲しそうな、でも少し嬉しそうな顔をして、車の中で黙っていた。

寮に戻ったのはそれから三日後で、七日が留守を任せていた真希は、七日が帰るなり不機嫌な事を隠しもせずに、

「遅いよ！　退屈《たいくつ》で死にそうだったッ！　おみやげ！」

と露骨《ろこつ》に要求してきた。

「なんか変わった事なかった？」

おみやげの饅頭《まんじゆう》を渡しながら言うと、

「別にないよ。新入生が何人か引っ越してきたくらいかな？」

と言う。そう言えば操に、新入生にきちんと寮の規則を教えるように言われていたのを思い出した。面倒だ、と思うけれど、もう操はいないから自分一人でやっていかなくてはならない。

「三月は元気？」

饅頭の箱を包む紙をきれいに剝《は》がしながら、真希が言う。

「うん、元気。でもちょっと不機嫌、かな」

ついでに祖父と三月が似ていた話をすると、真希はおかしそうに笑った。

「そう言や、あいつちょっと爺臭《じじくさ》いとこあるよね」

「お爺《じい》ちゃんと一緒に魚釣《つ》りに行ってた」

「海の近くなんだ、実家」

「うん」

「田舎《いなか》とか行ってみたいなァ。あたし、東京生まれ東京育ちだもんね。爺さん婆《ばあ》さんも東京だし」

それは初めて聞いた話だった。

「そうなン？　じゃあなんで寮におるの？」

「家から通うと一時間以上かかンのよ。定期代より寮費の方が安いもん」

「ああ、なるほど」

そう言えば操も東京の人間だった。実家では絵を描くスペースがないので寮に来たと言っていたのを思い出す。

「家に帰らンの？」

尋ねると、真希は饅頭をかじりながら手をひらひらと振った。

「帰ったって邪魔扱いされるだけだよ。四人姉妹の末っ子だからね。帰ったところで家が狭《せま》くなるだけってさ」

「お姉さん三人もおるンじゃァ……楽しそう」

「楽しくないよ！　あたしはあいつらから女の汚《きたな》さを学んだね」

そんな話をしながら、毎日が過ぎるのは、悪くなかった。

春休みでも学校の敷地内や校舎に入る事はできるので、七日は時々こっそり屋上に登ったりしている。

立入り禁止にはなったけれど、そこが一番のお気に入りの場所である事には変わりはない。

春休みも終わりに近付いた日、どうしても屋上から空を眺《なが》めたくなって、人目を盗んで屋上に上がると三月が立っていた。三月は七日の姿を見て特に驚く事もなく、

「何か、急にここに来たくなってさ」

と言った。

「真希の奴に聞いたんだけど、お前だったんだな、屋上で叫んで謹慎《きんしん》になった生徒」

「あ……うん」

確かに真希にその話をした事はあるが、まさか三月に話すとは思ってもいなかった。恥ずかしくなって顔を伏せてしまう。

「ちょっと、気になってたんだ。どんな奴が、そんな事したんだろうって」

三月は屋上の金網の方に歩いていく。七日もそれについて歩いた。

「……いろんな事があったな」

三月が呟く。七日は頷いた。

「うん。いろんな事があった」

「悲しかったり、寂しかったりさ……でも、嬉しいんだ」

「うん。うちも、嬉しい」

それ以上、会話は続かなかった。二人で並んで、金網越しの空を見つめていた。

ただいっぱいの青空。

東京に来て、本当に良かったと思う。父を信じて本当に良かったと思う。

いいものが待っていた。こんなにもいいものだなんて、思ってもいなかった。

——山の彼方《あなた》の空遠く。

あんなに遠いと思っていた幸せは、今はもうこんなに近く。

「——母さんがさ」

しばらくしてから、三月が口を開いた。

「お前の事、正式に引き取りたいって。自分の子供として」

それはつまり、宮島七日ではなく渋谷七日になるという事だと、七日にも分かった。

少し、寂しい気がする。父親の影が、消えてしまうような気がして。

「なんか、ちょっと、寂しいかも」

七日が言うと、三月は笑って、

「母さんもそう言ってた」

と言った。

「寂しいけど、でも七日の事を考えたら、そうするのが一番いいと思うって。周りにもきちんと自分の子供だって示しとかないと、いろいろ不都合《ふつごう》もあるし、さ」

「うん。分かっとる。寂しいけど、でもそれよりもすごく、嬉しいン」

「そうか」

三月も、少しだけ寂しそうだった。

二人で並んで座り、ぼんやりと空を眺める。ただそれだけで、気持ちが良い。

「何かね……幸せ」

七日が呟くと、三月は屋上に横になって空を仰いだ。

「いつか俺もお前も結婚してさ、子供ができたりしたら、この事、話してやろうと思うんだ。口にしてみればくだらない、陳腐《ちんぷ》な出来事のように聞こえるかもしれないけど、俺とお前が出会えた事が、どんなに温かくて嬉しい事だったかを。つらい事や悲しい事もあったけど、でも、とても……幸せだって」

「うん」

七日も仰向けになって、二人で空を見た。

良い天気。温かい。

春になった。思わず歌が口をつく。いつも歌う、あの歌。

三月が言う。

「その歌、昔、大嫌いだったよ」

「今は？」

「たぶん——嫌いじゃない」

「良かった」

また歌を歌う。大好きな歌。三月は、気持ち良さそうに目を閉じていた。眠っているのかと思って歌を止めると、薄目を開けて七日の方を見て、

「歌えよ。聞いてるんだ」

と言う。

だから歌う。

いろいろな事を思い出しながら。

もう二度と帰って来ない父。それはとても、とても悲しいけれど、でも嬉しい事もたくさんあった。父の言っていた言葉の意味。「いいもの」の意味。

七日は知った。家族と出会った。大切な、大切な家族。

だから七日は歌を歌う。生きている事が、こんなにも嬉しいなんて、そんな事、少し前の自分なら考えもしなかったのに。

そうやって前向きに考えられるようになったのが、何よりも嬉しい。

それはたぶん、一人じゃないから。トモダチや、家族が周りにいてくれるから。

「なァ」

七日を見て、三月が言った。

「俺の事、好きか？」

「うん」

頷いてから、付け加えた。

「だって、兄妹じゃもん」

三月は目を細め空を見上げ、

「——そうか」

と呟いた。

「俺もお前の事、好きだ……兄妹だもんな」

それきり、三月は目を閉じて何も言わなかった。今度は本当に寝ているのかもしれなかった。

七日は、ずっと、歌っていた。

青空には小鳥が歌い、丘の上には緑が萌《も》えて、春の陽射《ひざ》しが、とても、心地良かった。

ただそれだけで嬉しくなってしまうくらい、温かくて、温かくて。

空を見上げる。太陽が笑っている。七日はその眩《まぶ》しさに目を細めた。

やがて一しきり歌い終わった後、心の中で呟く。

——幸せ！

あとがき

人間関係というものには、必ず何らかの「終わり」という奴《やつ》が存在していて、それは例えば死や、ちょっとした行き違いからの争いや、やむにやまれぬような事情によって引き起こされる。

ボクはこの「人間関係の終わり」という奴がどうにも苦手で——まあ得意な人というのはあまりいないと思うけれど——それを迎える度にひどく塞《ふさ》ぎ込んでしまう。

そして塞ぎ込んだボクは、何かに取《と》り憑《つ》かれたように小説を書き始めるのだ。ボクはそれ以外の発散の仕方を知らないから。

ここまで書けば分かると思うけれど、前回の小説が身近な友人の死という人間関係の「終わり」をきっかけとして書かれたものであるように、この小説も、とある人間関係の「終わり」によって突き動かされて書いたものだ。

実を言えば、この小説は二年程前には既にほとんど書き上げてしまっていた。けれどどうしても世に出す気になれなかった。

認めたくなかったんだと思う。ボクにこの小説を書かせた「終わり」が、本当の本当に「終わり」であるという事を、ボクはどうしても認めたくなかった。

この小説を世に出したら、それを認めてしまうような気がして、それを受け入れなくてはならないような気がして、だからボクは、この小説を書き上げてから二年の間、この小説を目に届かない場所に置いたまま、ずっと目を背《そむ》け続けてきたのだ。

でも、そろそろいいんじゃないかと、そろそろ認めるべきなんだろうと、ようやく思えるようになった。

何かきっかけがあったわけじゃない。時間が少しだけ、ボクを前向きにしてくれた。ただそれだけの事だ。

大好きな人間とのどうしようもない別れは、寂《さび》しいけれど確かにこの世に存在している。でも、だからこそ、世界は面白い。

最近ではそんな事を思う。


この本を手に取って下さった人達や、ボクを支えてくれる家族や友人や、素敵なイラストを添えて下さった世良《せら》シンヤさん、見捨てないでいてくれる編集者の方々。

たくさんの人との出会いや別れが、ボクに生きろと叫んでくれます。

ありがとうの気持ちを込めて。

二〇〇四年　春　　森橋《もりはし》ビンゴ。

※本文中に使用した詩「山のあなた」（カアル・ブッセ／上田敏・訳）は、新潮文庫「海潮音　上田敏訳詩集」（新潮社）を参考にしたものです。

■ご意見、ご感想をお寄せください。

ファンレターの宛て先
〒154-8528 東京都世田谷区若林1-18-10
株式会社エンターブレイン　メディアミックス書籍部
森橋ビンゴ　先生
世良シンヤ　先生

■本書内容に関してのお問い合わせ先。

カスタマーサポート　03-5433-7868
(祝祭日を除く毎週月曜日から金曜日までの正午～午後5時受付)
support@ml.enterbrain.co.jp

ファミ通文庫
三月《さんがつ》、七日《なのか》。
二〇〇四年六月三日　初版発行

著　者　森橋《もりはし》ビンゴ
発行人　浜村弘一
編集人　青柳昌行
発行所　株式会社エンターブレイン
〒一五四-八五二八　東京都世田谷区若林一-一八-一〇
電話　〇三(五四三三)七八五〇(営業局)
編　集　メディアミックス書籍部
担　当　河西恵子
デザイン　田村　宏(海月デザイン)
写植・製版　株式会社パンアート
印　刷　凸版印刷株式会社

ISBN4-7577-1835-7